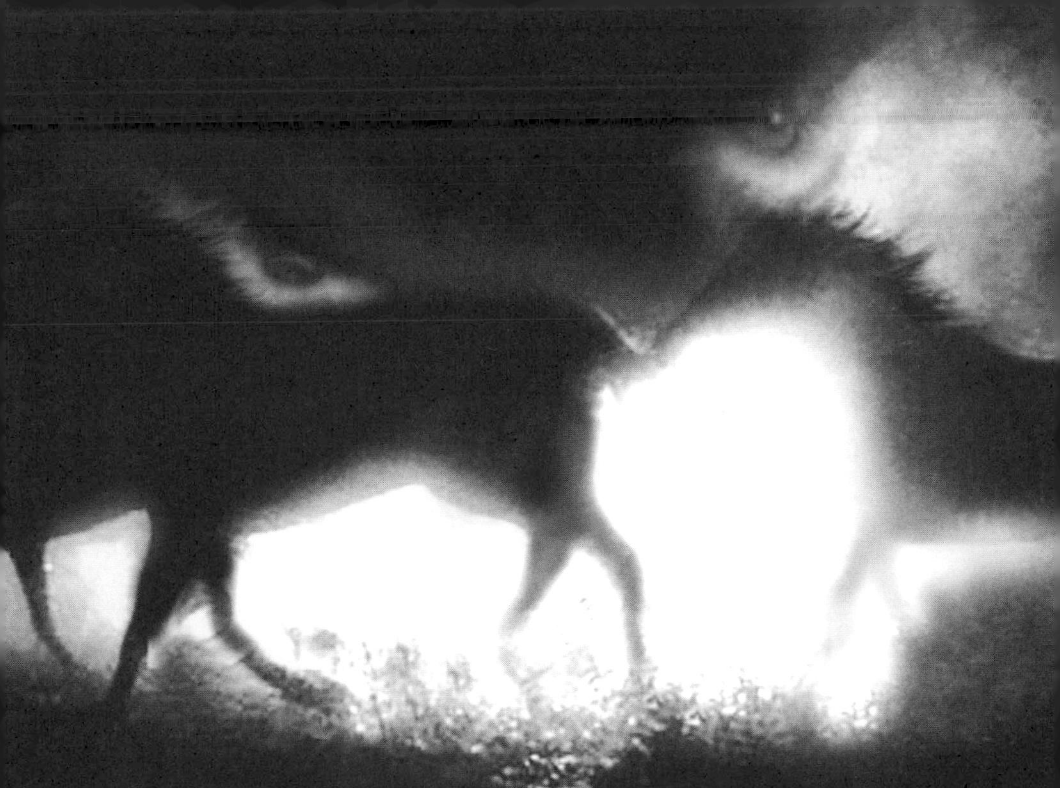

黑神駒

Black Beauty

安娜・史威爾／著

【編者薦言】

一匹駿馬的傳奇

朱墨菲

在衆多的動物小說中，以馬爲題材的小說雖然不少，但《黑神駒》可說是其中的代表之作。

《黑神駒》係公認的世界名著，爲英國作家安娜・史威爾女士的作品。主要內容是講述一匹黑色駿馬一生的故事，主角黑神駒從小就生長在一個環境優美、主人亦很和善的大農莊裡，因而養成了牠樂觀、開朗、不畏逆境的個性。然而，儘管如此，隨著物換星移，牠不得不與母親分離、遠離牠親愛的家園，來到一個陌生的地方，從而開始了牠曲折的一生。

其間，牠遭遇了不同的主人，經歷了各種不同的訓練，又被販賣轉讓，還一度成爲拉出租車的馬匹；也因主人的疏忽失職，造成牠身體的創傷。但也因顛沛流離，而使牠結交了不少新朋友，從而開啓了新的視野。其中的過程有順境、有逆境，但牠始終能保有一顆堅定溫柔的心，並勇於接受各種考驗，最後終於遇到好主人，得以安享餘年。

黑神駒的一生，可說是一連串的歷險旅程。即使不斷地被變賣，牠依舊忠心耿耿，並克服了暴風雨、火災和疾病等種種考驗，甚至還多次拯救主人的性命。藉由自述一生的遭遇，黑神駒帶領大家從動物的觀點來感受事物。本書的敘事是從動物的眼中重新審視人類，讓人類有更多的反思。如當時的英國，爲了貴族間流行將馬兒勒上韁繩以使馬匹能夠昂首闊步、體態優美，卻不顧馬兒的身體是否受到牽制，影響步行，諸如此類的行爲，一再顯示了人類往往以自己的好惡、習慣來對待動物，卻毫不考慮動物本身的感受。不但證明了人類的自私自大，也給動物帶來了許多不幸與災難。

本書作者安娜•史威爾正是基於這種想法，因而構撰了一部名種黑馬的自傳《黑神駒》，從馬的觀點出發，思考人與動物之間的倫理課題。此書的出版，引發了大眾熱烈的迴響，不但促使英國當局立法取消使用韁繩的殘酷作法，亦大力改善了當代馬匹生活的條件，對動物保育可說貢獻巨大。雖然她在本書出版後不久便與世長辭，但書中所宣揚的理念，直到現在還深入人心，更與近代保護動物的思潮不謀而合，因而，本書不論在文學及或動物保育方面，都是一部相當重要的文學經典。

本書以平實卻又細膩的手法，詳盡描寫出馬兒的困難處境，字裡行間皆流露出悲天憫人的情懷。在書中，作者以第一人稱的自敘方式，將黑神駒這匹駿馬一生的經歷與命運，透過平實的寫法及敘述，讓世人得以深入了解動物的內心世界及真實想法。其自然流露的情感與毫不誇飾的筆法，讓讀者讀來更有一番深思與悸動。

正因黑神駒一生的不凡際遇，使得這部小說一出版即獲廣大讀者喜愛，並被改編爲許多不同版本，更數次被改拍爲電影及電視影集，風靡了全球無數的讀者及觀眾。

前言

《黑神駒》（Black Beauty）是一匹駿馬的「自傳」；也是一部溫馨的永恆作品；後來並拍成爲一部感人的電影及電視影集，風靡全球……

黑神駒漫長而刺激的一生中，遭遇過許多不同類型的主人，在他們手下做過各種不同的工作；由在鄉下大宅中供人騎坐、拉轎式大馬車，到在城市裡拉包車等不一而足。然而歷經過這種種不同的生涯之後，牠那充沛的體力和柔順的脾氣卻依然沒有改變。

《黑神駒》在一八七七年首度發行，爲安娜•史威爾女士（Anna Sewell）僅有的一部著作。她在本書出版之後不久即告去世，但很高興在有生之年得知本書無論是在銷售方面，或者是在勸說世人更加善待動物的寓義上，都十分成功。

Contents

Contents

第二部

第三部

Contents

第四部

第一部

我突然莫名其妙、怔忡不安地驚醒了。我站起身來，四周是一片濃濁不清、空氣嗆人。我聽見辣子在咳嗽，另外還有一匹馬兒在倉惶地四下走動；天色很暗，我什麼也看不見，但馬廄裏卻是濃煙密布，簡直無法呼吸。我不明白究竟是怎麼回事，但那聲音是這麼奇怪、陌生，不由得我渾身打起了顫來。

第一部

第一章　我最初的家園

在我記憶所及的第一個地方，是片青翠宜人的大草坪。草坪當中有一汪清澈的池水，池畔幾株茂樹垂蔭，池水深處搖曳著燈芯草與睡蓮，由草坪一側的樹籬望過去，外面是片耕作的田地，而在另一側的樹籬之外，則可望見主人座落於馬路邊的住屋；草坪頂端是座樅木林，底下有條小溪潺潺流過，溪邊還懸垂著一堵陡峭的堤岸。

幼小時候由於還不能夠自行咀嚼青草，所以必須吃媽媽的奶維生。白天我跟在她身邊奔跑，夜裡緊緊靠在她身旁睡覺。天熱時，我們常站在池畔的樹蔭下納涼，寒冷的時候，便到樅樹林的背風面享受暖暖的感覺。

等到我一大到能夠自己吃青草，媽媽就常在白天出門工作，等到傍晚時分才回來。草坪上除了我之外，還有六匹小馬；牠們都比我大，有的幾乎長得和成年馬匹一樣高大了。我時常和牠們一塊兒奔跑，玩得非常愉快；我們常常集體邁開大步，沿著草坪一圈又一圈盡力撒腿狂奔，有時也會玩些非常粗野的遊戲，因爲這些玩伴們除了馳騁之外，還常愛互咬、互踢。

有一天我們互相踢得正痛快，媽媽輕嘶幾聲，把我喚到身邊，對我說：

「我希望你仔細聽好我接下來要告訴你的話。生活在這裡的小馬都是非常好的馬，但牠們都是拖貨車的幼馬，所以自然沒有學過禮數。你有好出身，又受到良好的教養；你的父親在這些方面名聲很好，祖父還曾在新市①的馬賽中兩度贏得獎杯；你的奶奶是我所知的馬匹中脾氣最柔順的，另外，你也絕對不曾看過我亂踢亂咬。我盼望你能長成一匹溫馴文雅的好駿馬，永遠也不要學習那些壞習慣；要好心好意地做你的工作，走路的時候，優雅合度地抬起你的腳來，即使是在遊戲中也不要亂咬亂踢。」

我從來沒有忘記媽媽的忠告，我知道她是匹睿智的老馬，我們的主人非常喜愛她。她的名字叫作公爵夫人，不過，他時常稱呼她寶貝。

我們的主人是個很好、很和善的人。他給我們好飼料、好住處，還有親切的談話，對我們說話時，就像對自己的小孩一般慈愛，我們大家都很喜歡他，媽媽更是深深敬愛他。每當她看見他出現在圍籬門口，總會開心地長嘶數聲、朝他走去。這時，他便輕輕撫摸著她說：

「嗨，好寶貝，妳的小小黑可好？」

我長得全身黑溜溜的，所以他都叫我小黑；接下來，他會賞我一片好吃的麵包，有時也會帶條胡蘿蔔給媽媽。所有的馬兒見到他都會圍攏上來，不過我想，他最愛的還是我們倆。每到市集日時，我的媽媽總會拉部小小的雙輪單馬車載他到鎮上去。

有時，一個名叫狄克的村童會到我們田裡來摘樹籬上的黑莓吃。等他嘗過癮了，又會撿些石子或小樹枝朝小馬們扔，看牠們滿地亂跑，說那是在和牠們玩玩。我們並不是很在乎他，因爲我們可以跑開，不過偶而還是會被石頭扔中、打傷。

有一天，他又在玩這遊戲，不曉得主人就在隔壁那塊田地上注視這一切情形。這時，主人隔著樹籬一躍而入，猛然揪住狄克手臂，重重打他一耳光，使他在驚訝和疼痛之餘，聲嘶力竭地大叫起來。

我們一看是主人來了，馬上全都圍上前去，看看會有什麼下文。

「壞男孩！」他喊著，「壞男孩！竟敢追趕這些小馬，這不是第一次了，也不是第二次，但一定會是最後一次——過來——拿著你的工錢回家去，我再也不要你到我的農場來。」

於是從此以後，我們都沒有再見到狄克。而負責照料馬匹的老丹尼爾，態度也和主人一樣和氣，所以我們全都過得很舒適。

---

①New Market：位於英格蘭東南部的一個城鎮，以賽馬聞名。

第二章　狩獵

在我還未滿兩歲以前，農場裡發生了一樁我永遠也忘不了的事。那是早春時節，夜裡剛降過一陣輕霧，天亮時，樹林裡和草地上都還籠罩著淡淡的霧氣。當我們聽到遠方隱約傳來像是狗叫的聲音時，我和幾匹小馬正在牧場低處吃牧草。

這時，年紀最大的一匹小馬抬起頭、豎起耳朵，說：「是獵犬！」隨即率領我們漫步跑到牧場高處，以便隔著樹籬眺望籬外那幾片田野上的情形。

站在附近的媽媽是我們主人的老坐騎之一，她對這一切似乎非常熟悉，告訴我們：「他們發現了一隻野兔，如果是朝這個方向追過來的話，我們就可以看到狩獵了。」

不久，那群獵犬全朝我們隔壁的嫩麥田裡狂奔而來，嘴裡發出驚人的叫聲，既不是吠，也不是嗥、更不是嗚嗚低鳴，只是不斷扯開嗓門：「喲，喲，嗚，嗚！喲，喲，嗚，嗚！」地高聲呼號著。

在他們身後跟著一批騎在馬背上的人，其中有幾個穿著綠外套，個個爭先恐後地策馬狂奔。幾匹老馬都噴著鼻息，渴切地望著他們的身影，我們這些小馬也想與他們共同馳騁，但這些人馬卻一下子就衝到底下的幾片田野，然後停止前進，幾頭獵犬放聲高吠，嗅著地上的味道朝四面八方奔去。

「牠們沒聞到味道，」老馬說，「也許那隻野兔子可以保住一條小命了。」

「什麼樣的野兔子？」我問。

「噢！我不曉得是什麼樣的野兔，很可能就是在外面樹林裡的野兔子，反正無論那些人和狗發現哪種兔子，總會追逐得很起勁。」

不久之後，那些獵犬又「喲！喲，嗚，嗚！」地飛速奔回原地集合，一致朝著我們這草場方向的溪畔高堤和樹籬奔去。

「我們就快看到那隻野兔了。」

媽媽話聲剛落，只見一隻受驚的野兔子正倉惶地往樅樹林的方向逃竄，而幾條獵犬也陡然躍過溪流，衝下田野窮追不捨，獵人們則連人帶馬跟在狗群後追逐。七、八名獵人挾著馬腹一躍過溪，緊緊貼在狗群之後狂奔。

野兔想要鑽過樹籬，可惜樹欉太密了，只好緊急回頭尋找生路，偏偏又已來不及。大隊獵犬嗥聲震天地飛撲而上，我們耳裡只聽得一聲淒厲的尖叫，那隻兔子就已喪命了。一名獵人催馬上前，揮鞭趕開眼看就要將野兔撕成碎片的狗群，每位先生看起來似乎都很開心。

至於我——我早已驚呆了，一開始根本不曾注意到溪邊的情形；等我回神朝那邊望過去，看到的是一幅淒慘的景象，溪邊倒了兩匹馬，一匹在溪水中掙扎，一匹在草地上呻吟。其中一名騎士滿身泥濘地從水中爬出來，另一個躺在草地上動也不動。

「他摔斷脖子啦。」媽媽說。

「他活該。」一匹小馬表示。

我也認爲那小馬說得對，但媽媽並不這麼想。

「哦！不，」她說，「你們不能那麼說。不過坦白說，雖然我是匹老馬，見聞也算廣博，卻總弄不明白人們爲什麼那麼喜歡這項運動；他們常常只爲一隻野兔、狐狸，或雄鹿而傷了自己、毀了馬匹、蹂躪了田地，其實，他們大可以用別的方法輕易捕獲更多野物；不過，畢竟我們只是馬匹，不懂得這麼多。」

在媽媽說這番話的同時，我們全站在那兒默默旁觀。好多騎士都往那年輕人身邊趕，不過，早已在一旁看到經過情形的主人，卻是第一個抱起他的。那人的頭往後倒掛，雙臂下垂，每個人的神情都顯得很凝重。這時田野裡不再鬧哄哄的，就連大批獵犬也像知道出了事故似的安靜得很。

他們把那年輕人抬進我們主人屋裡，事後我聽說他叫喬治•戈登，是鄉紳（**本地第一大地主**）的獨生子，一名好看、挺拔的青年，同時也是他們家中的驕傲。

人們四散趕往尋找醫生、獸醫，當然更要去向大地主戈登通知他兒子的消息。獸醫邦德先生到了之後，過去檢查躺在草地上呻吟的黑馬，摸遍牠的全身，然後搖搖頭，那匹馬斷了一條腿。這時，有個人跑進主人屋裡拿把槍出來，隨即一聲巨大的砰然聲響，和一聲駭人的厲叫，接下來全場靜無聲息，那匹黑馬不再掙動了。

媽媽似乎很難過。她說，她和那匹馬認識好多年了，牠的名字叫做「羅布•羅伊」，是匹勇敢驃悍、無可挑剔的好駿馬。經過那件事情後，媽媽就再也不到那一帶的田野去了。

沒隔幾天，我們聽到教堂的鐘聲敲了好久好久；隔著大門望過去，我們看到一輛蓋著黑布，由幾匹黑馬拉著的奇怪長方形馬車，然後馬車一部又一部、又一部地走過，每部都是黑色車。它們是載著小戈登的屍體到教堂院落裡的墓地去埋葬的，從此以後，他再也不能騎馬了。

第一部

我不曉得他們如何處理羅布・羅伊的屍體，只知道這一切都只是爲了一隻小野兔。

第三章　我的馴養過程

如今我越長越飄逸了，我的毛皮柔軟又好看，而且烏黑得閃閃發亮。我有一隻白色的腳，額頭上還有顆美麗的白星星。每個人都認爲我的樣子非常瀟灑，我的主人至少要等我滿了四歲才肯將我出售；他說，少年們不該像成人一樣工作，小馬還沒完全長成前，也不該像成年的馬匹一樣勞動。

等我四歲大時，鄉紳戈登過來細看我的情況。他仔細檢查我的眼睛、嘴巴，還有我的腿，又細細摸摸每一條腿。然後讓我在他面前散步、小跑、奔馳。他似乎很喜歡我，還說：「等牠接受過完好調教之後，必定會很出色。」我的主人說，爲了避免我受到驚嚇或傷害，他將親自馴養我，而且一天也沒多耽擱，第二天就著手進行了。

或許大家並不瞭解馴養是怎麼一回事，因此，我將先介紹一下。那是指要訓練一匹馬套上鞍轡，並馱個男子、婦女或小孩在背上，同時完全按照他們的意思，乖乖走到他們想去的地方。除此之外，這匹馬還得定定站著，任人在脖子上套項圈、在臀部兜鎧甲和尻帶，然後在身後拖個小篷車或貨車，走到哪兒拉到哪兒，走快走慢全憑車伕的意，無論看到什麼都不能失驚懸蹄，也不能和其他馬匹交談，不能咬嘴、踢腿，甚至不能有一絲自己的意願，只能永遠聽憑主人的指揮，即使再累再餓也一樣。不過最糟的卻是一旦套上馬具時，牠就不能再因高興而雀躍或者因疲倦而躺下休息了。所以，喏，這馴養工作可是一樁了不得的大事呢！

我花了好一段時間才能適應韁繩、轡頭，以及溫順地任人引導著在田間或小徑上行走，可是此時卻還得應付馬勒和馬籠頭；主人照例先餵我吃些燕麥，然後連哄帶騙地費了好一番工夫後，終於把馬勒套進我嘴裡，把籠頭綁牢了，不過，這可真是件討人厭的事呢！

那些嘴裡從沒啣過馬勒的人，是無法體會那種感覺有多糟的；一大塊又冰又硬、粗如人類手指頭的鋼鐵硬生生被塞進馬兒嘴巴裡，卡在舌頭上方、兩排牙齒之間，兩端突出嘴角，用幾條綁在頭上、喉嚨下、圈住整個鼻子套在下巴下方的皮帶勒得緊緊的，讓你根本無法甩掉那令人難受又討厭的東西，真是難過死了！呼，難過死了！至少我是這麼覺得的；不過我知道，每當媽媽出門時總會套上一副，其他的馬匹長大後也都一樣；所以——在吃過燕麥，接受主人那疼愛的輕撫、溫和的低語，以及循循善誘的作風後，我還是接受了我的馬勒和韁轡。

下一步是上馬鞍。不過比起套馬勒，這顯然好受多了；老丹尼爾抱著我的頭，主人一面不斷對我輕拍、談話，一面十分輕巧地將鞍具放在我背上，在腹部下方縛緊肚帶，然後再賞我些燕麥吃，接著又對我稍加疏導。

這個步驟，他每天都不厭其煩地進行，漸漸地，我開始期待吃燕麥、上馬鞍。終於，一天早上，主人坐上了我的背，騎著我，踩著柔軟的青草在草坪上兜風。那種感覺真的好奇怪。不過，坦白說，能夠馱著主人走路，讓我心裡覺得好光榮，加上他每天持續騎著我兜上一兜，不久之後，我就完全習慣了。

下一樁不愉快的事是穿蹄鐵。剛開始時，真是難受極了。主人親自陪我到鐵匠鋪裡去，免得我被弄傷或受到驚嚇。鐵匠用雙手輪番修剪我的腳，並截去部分腳蹄；我一點都不覺得痛，因此一直安安靜靜地輪流用三隻腳站著，讓他好好完成這部分工作。接著，他拿出一片和我的腳形相同的鐵器快速套上我的腳，同時釘了幾支穿透鐵鞋、深入我腳蹄的鐵釘，如此一來，那鐵鞋就會牢牢套在我的腳。我覺得四隻腳又僵硬、又沈重，不過還是很快就適應了。

進行完這些步驟後，主人接著訓練我套上全副馬具；除了韁繩、輅頭，馬勒、韁轡外，還有好幾樣東西要戴哩。首先是我頸子上被箍了一個沈重的硬項圈，眼睛上方戴上一對叫做馬眼罩的大配件；果然是名符其實的眼罩，因爲戴著它們，我就除了正前方外，什麼方向也看不到了。接下來還得套上一副喚作馬尾鞧的小鞍具，這鞍具連著一條直接勒在我尾巴下，令人難過極了的硬皮帶環。

我好討厭這種馬尾鞧——它把我的長尾巴吊得高高的，還得被穿過皮帶環，簡直和咬著馬勒一樣慘。那個時候我真想抬腿踢人，可是像這麼好的主人，我自然不能動腳嘍，因此最後，我還是在短期間內適應所有的配備，很快便能像母親一樣好好完成自己的工作了。

還有，我一定得提提我的訓練過程，因爲我一直認爲那使我獲益良多。主人把我送到鄰近一名農夫家寄宿兩週，那名農夫有片瀕臨鐵路邊緣的草地，上頭蓄著幾頭牛羊，而我就被移往牠們之間暫住。

我永遠也忘不了第一班通過附近的列車。當時我正安詳地在分隔鐵道與草坪的柵欄旁吃草，突然聽到遠方傳來一種奇怪的聲音，在我還來不及反應那聲音是打哪兒來的以前，一列又黑、又長，不知究竟是什麼的東西已挾著轟隆聲響、噴著煙氣，箭一般地飛馳而過。我都還沒能吸口氣，它已經跑得快不見蹤影。我趕緊撒開蹄子，飛快奔向草地的另一頭，又驚又恐地站在那兒直噴鼻息。

就在那天之中，又有好多列火車打附近經過，有些速度比較緩慢；那是在鄰近車站停靠的列車，有時在停車前會發出一陣可怕的尖銳聲響和呼嚕嚕的尾音。我覺得那聲音非常恐怖，然而當那嚇人的黑東西噴著煙、輾著鐵軌通過時，草地上的牛隻卻都氣定神閒、頭也不抬地繼續吃東西。

最初幾天，我實在沒辦法安心吃草；不過漸漸地我發現，這可怕的怪物根本不會闖進田裡來，或者對我造成任何傷害，於是我漸漸不再把它放在心上，很快地便和那些牛隻羊群一樣不怎麼在乎打那邊經過的火車了。

從那以後，我見過好多一看到引擎、或者聽到它的聲音就緊張慌亂、躑躅不前的馬匹，但由於我那好主人的悉心調教，我在鐵路車站裡，就像在自己馬廄中一樣泰然自若哩。

老實說，要是有人想把小馬調教得很優秀，那倒是個最好的辦法。

我的主人時常讓我和媽媽同拉一匹馬車，因爲她既穩健可靠，又比任何陌生馬匹更能教導我如何行進。她告訴我說，我表現得越好，就越能受到好的待遇，所以隨時盡心盡力取悅主人是最明智的做法了。

「不過，」她說，「人類分成好多種，有像我們主人這樣細心體貼，所有馬匹都會以服侍他們爲榮的好人，也有殘暴蠻橫，根本不該擁有自己的馬或狗的惡人。除此之外，世上還有許許多多虛榮、無知、粗心、永遠懶得動動自己腦筋的愚人，由於缺乏見識，這些人傷害的馬匹比任何一種人都要多；他們不是有心的，但也正因爲他們不用心，才會造成這種結果。我希望你將來會落入好人手中，然而身爲一匹馬，誰也不知道自己會被什麼人收購、被什麼人駕馭，總之，任何機運都有可能。不過我還是要說，無論你身在何處，都要全力以赴，爲自己留個好名聲。」

第四章　柏特威克莊園

這段期間，我習慣站在馬廄裡，每天有人幫我把全身皮毛刷洗得有如烏鴉羽翼般閃閃發亮。

就在五月初，鄉紳戈登家來了一名男子把我帶到府邸，主人叮嚀：「再會了，小黑！記得要當匹好馬兒，隨時隨地盡力而爲。」

我沒辦法開口說再會，只能依依不捨地把鼻子放在他手上；他慈藹地摸摸我，從此，我便離開了我的第一個家園。接著，我由鄉紳戈登畜養了好幾年，因此我將大致敘述一下那裡的情形。

鄉紳戈登的莊園位於柏特威克村外緣，入口處是一扇大鐵門，門內矗立著第一座遊獵小屋。沿著大樹夾道的平坦馬路往前奔馳，不久又是另一座小木屋，以及另一扇通往宅邸和幾座花園的大門。過了宅邸和花園，後頭便是家庭圍場、老果園和馬廄。

這地方容納了許多馬匹和馬車，不過，我只稍描述一下自己所住的那個馬廄就夠了。這

是座十分寬敞的馬廄，其中包含四個馬舍；廄中有扇開向庭院的大迴旋窗，使得整座馬廄內相當舒適通風。

第一個馬舍前方攔著道木籬笆門，裡面的空間大而方正；另外三間普通馬舍也很好，但都不如這間那麼大。這間馬舍中有個盛放乾草的矮槽以及一個裝玉米的矮槽；這種馬舍叫做放飼廄，因爲畜養在裡頭的馬匹並沒有用繩子拴住，而是放任牠在廄中自由活動。能夠住在放飼廄裡是件很棒的事！

馬伕把我安頓在這間美好的放飼廄中，裡頭潔淨、芳香又通風。我從沒有住過比那更棒的馬舍，而且它的圍牆並不很高，因此，我還可以透過上面的鐵欄桿縫看到牆外的情形。

馬伕給了我一些非常可口的燕麥，輕輕拍拍我，親切地說幾句話後就離開了。

吃完燕麥後，我四下打量了一回。住在我隔壁馬舍中的是匹豐腴的小灰馬，有著濃密的鬃毛和尾巴，及相當好看的頭部和靈巧的小鼻子。

「你好嗎？請教大名？」我伸長頸子，把頭湊在鐵欄桿邊和牠打招呼。

「我叫逍遙騎。我很瀟灑，平時專供小姐們騎，有時也用矮轎載我們的女主人。她們非常喜歡我，詹姆斯也是。以後你要住在我隔壁的馬舍中嗎？」牠盡可能在牠的轡繩容許範圍內轉過身來，抬起頭說。

「是的。」我說。

「唔，那麼，」牠說，「但願你脾氣良好，我不喜歡隔壁住的是會咬人的鄰居。」

這時，再過去那間馬廄中探出一個馬頭來，頭上的兩隻耳朵往後豎，從眼神看來，似乎性情相當乖戾。那是匹體型高佻、有著漂亮長頸子的栗色母馬。她望向我這邊，說：「這麼說來，是你把我趕出自己馬舍的嘍；像你這樣一匹乳臭未乾的小馬竟會來到這裡，還把像我這般的高貴女士趕出自己的馬舍，真是咄咄怪事。」

「很抱歉，」我說，「我並沒有趕走任何人，是那個帶我來的人把我安頓在這兒，和我一點關係都沒有；至於說我是匹小馬，其實我已經四歲，是隻成年馬匹了，我從沒和任何一匹公馬或母馬拌過嘴，也希望將來能夠和平度日。」

「哦，」她說，「等著瞧吧！我自然也不想和你這樣的小傢伙起口角啦。」

我聽了默不作聲。下午她出門的時候，逍遙騎把整件事的來龍去脈全部告訴我。

「事實上是這樣的，」逍遙騎說，「辣子有個突然對人撲襲和咬人的壞習慣，所以大家才會叫她辣子。從前她住在放飼廄時，就常猝不及防地飛撲咬人。有一天，她把詹姆斯的手

臂咬得鮮血直流，非常疼愛我的弗蘿拉小姐和潔西小姐也被她攻擊過，所以兩人都不敢再進馬廄來了。本來她們時常帶些好東西來給我吃，好比一顆蘋果、一個胡蘿蔔，或者一片麵包之類的，可是自從辣子住進放飼廄中後，她們就再也沒來過了。我非常想念她們。要是你真的不會咬人、撲擊的話，希望她們還會再來。」

我告訴牠，除了青草、乾草、玉米外，我什麼也不咬，更想不透辣子能從咬人中得到什麼樂趣。

「唔，我想她並不覺得咬人有什麼樂趣，」逍遙騎說，「那只不過是個惡癖罷了；她說，既然世上沒有人善待過她，她爲何不能咬人呢？當然啦！這是個非常惡劣的習性；不過若她說的是事實，那麼我相信在來到這裡之前，她一定是飽受嚴重虐待的。約翰絞盡腦汁想討好她，詹姆斯也用盡了辦法，而我們的主人更是只要馬兒不做錯事就絕不動用鞭子，所以我想，她到這以後，脾氣一定會好起來。喏，」牠一臉聰穎地說，「我十二歲了，懂得許多事情。說真的，這一帶再沒比這裡對馬匹更好的地方了。約翰是全天下最好的馬伕，他在這裡工作十四年了；而詹姆斯更是個難得一見的善良馬僮，所以不能留在放飼廄裡，全是辣子咎由自取。」

第五章　好的開始

馬車伕名叫約翰•曼利，已經娶妻，有個小孩，三人住在馬廄旁的車伕房中。

隔天一早，他把我帶到院子裏仔細刷洗，將我的皮毛整理得又柔又亮，再帶回馬舍中。鄉紳過來細細打量過我之後似乎很滿意，吩咐：「約翰，原本我打算今早試試新馬匹，不過我另外還有事。你不妨趁早餐過後帶牠出去兜一圈；出門時走公地和山林區，回程走水車旁和河濱，如此可以顯示出牠步態的優劣。」

「是的，先生。」約翰應了一聲，吃過早餐後，便來為我套馬籠頭。他對皮帶何處該緊、何處該鬆很有一套，所以套在頭上很舒適。接著，他拿出一具馬鞍，不過一眼就看出那具馬鞍對我而言太緊了，於是又回去另外找了一具非常合適的來。

一開始，他先騎著我漫步行走，繼而是輕盈慢跑，然後快步飛奔，等到了公地之後，他又用鞭子輕輕催我一下，於是我們便痛快馳騁起來。

「呵，呵！好伙計，」他扯扯韁繩，要我停下腳步。「看來牠會喜歡帶著獵犬狩獵的。」

回程經過獵苑時，我們遇見正在散步的鄉紳和戈登太太，他們停下腳步，約翰也從我背上一躍而下。

「喂！約翰，牠表現如何？」

「一等一的，先生，」約翰回答，「牠的步伐像鹿一般輕快，個性也很好，只要輕輕碰一下韁繩，牠就懂得該怎麼走了。在公地盡頭那邊，我們遇到了一部掛滿了籃子、地毯……等等雜貨的巡迴貨馬車；您是知道的，先生，很多馬匹都不可能平心靜氣地打它們旁邊通過，而牠卻只是上下打量它一眼，便悠哉游哉地繼續往前走。山林那邊有人在射殺兔子，一顆子彈從我們身邊飛過；牠只是暫停步伐，瞅它一眼，絲毫沒有左顛右竄。一路上我只不過是執穩韁繩罷了，也用不著催促牠，依我看，牠小時候準沒受過驚嚇或虐待。」

「好極了，」鄉紳說，「明天我親自來試牠一試。」

第二天我被帶到主人那兒供他試騎。我牢記母親和老主人的忠告，盡力做到百分之百符合他的期望。我發現他不但是位很棒的騎師，並且也很能體恤他的馬匹。當他騎著我回家，來到走廊上時，夫人已在門廊內等著了。

「喂，親愛的，」她說，「你可喜歡牠？」

「牠正如約翰形容的一樣，」他回答，「我做夢都沒想過能騎到這麼討人喜愛的馬匹。我們該爲牠取什麼名字好呢？」

「叫黑檀木如何？」她說，「牠的毛色烏亮得像黑檀木一般。」

「不，不要黑檀木。」

「那麼，和你叔叔的老馬一樣叫黑鳥好嗎？」

「不，牠的神采比老黑鳥俊逸上幾百倍。」

「沒錯，」她說，「牠的確是匹相當漂亮的馬兒，又有著溫馴和悅的臉形和聰慧敏捷的眼神，叫牠黑神駒你覺得怎樣？」

「黑神駒——唔，嗯，的確是個挺好的名字。只要妳喜歡，從今後，這就是牠的名字啦。」

於是從此以後，他們都叫我黑神駒。

約翰進馬廏後，告訴詹姆斯說，主人和夫人已經爲我挑選了一個很明智、很有意義的名字，和馬侖哥、佩格薩斯、艾勃達拉①之類的俗套大不相同。

他倆同聲大笑，然後詹姆斯聲稱：「要不是怕勾起往事，我一定會替牠取名羅布・羅伊，因爲我從沒見過這麼相像的兩匹馬。」

「那也難怪，」約翰說，「你不曉得農夫葛雷家的公爵夫人正是牠倆的母親嗎？」

我以前從沒聽人提過這件事，這麼說來，在那場狩獵中不幸喪生的羅布・羅伊就是我的哥哥了！難怪媽媽會那麼難過。感覺上，馬匹之間好像沒有所謂親屬關係似的，一旦牠們被出售之後，就永遠也互不相識了。

約翰似乎很以我爲傲，他時常把我的鬃毛和尾巴梳理得像貴夫人的頭髮般光滑柔順，而且經常對我說許多話；當然，他的話我一句也聽不懂，但我卻一天比一天學會更瞭解他的話意，還有他想要我做什麼。漸漸地，我非常非常喜歡他，他又溫和又親切，好像很能瞭解馬匹的感覺。每當他爲我清潔儀容時，總是曉得什麼部位脆弱、什麼部位怕癢，而幫我梳理頭部時，對我眼睛周遭也總是小心翼翼地處理，好像那雙眼睛是他自己的一樣。

馬僮詹姆斯・霍華德也是非常溫和、討喜的一個人，因此我想，自己可以算是相當愜意了。馬場之中還有另一名助手，不過，他和我以及辣子幾乎毫不相干。

幾天之後，我必須和辣子同拉一輛馬車出門，我很懷疑我們倆怎麼可能處得來；然而當我被帶到她跟前時，她卻除了把耳朵往後豎外，一切都表現得很好。她忠實地從事她的工作，一點也沒有偷懶取巧，能和這樣的夥伴共同工作，真是再幸運不過的事了。當我們來到一處丘陵地時，她不但沒有放慢腳步，反而使盡全身的力量繃著項圈賣力向前拉。

我們倆對於工作同樣勇往直前，所以約翰用在壓抑我們飛奔衝動的時候，遠比催促我們向前多，他完全用不著對我或辣子動一下鞭子；再者，我們的步態近乎完全一致，我很容易就可以配合上她的步伐，以致拉起車來愉快又舒適，因此每當我們齊頭並進時，主人和約翰總是很歡喜。在一同出門兩、三次之後，我們漸漸變得相當熟稔，也很合得來，這也使我感到非常安適自在。

至於逍遙騎——我和牠很快便成爲至交好友；牠是隻好快樂、好有膽量、好溫馴的小傢伙，所以人人都喜愛牠。尤其是潔西和弗蘿拉兩位小姐更是時常騎著牠在果園裏漫步，帶著牠與她們的狗兒小皮痛快地賽跑、遊玩。

主人在另一個馬廄中還養著兩匹馬。一匹叫法官，是匹雜有灰毛的土黃色矮胖小馬，供做騎騁或拉行李車之用；另一匹名喚奧利佛先生，是匹棕色的老獵馬，如今已經過了服役的年紀，卻相當得主人喜愛，准許牠隨意在獵苑裏自由行動。有時牠也在地界內拉拉輕便的小貨車，或者在兩位小姐陪父親騎馬出門時供其中一位騎；因爲牠非常溫和，把小孩託付給牠和託付給逍遙騎一樣令人安心。那匹矮矮胖胖的小馬結實強壯、性情良好，我們偶而也會在圍場裏聊聊天，不過，我和牠自然不可能像在同一個馬廄裏的辣子一樣親密。

---

①馬崙哥為拿破崙最喜愛的坐騎，佩格薩斯則是繆思女神所騎的飛馬，在天文學上是飛馬座。

第六章　自由

我在新家過得非常快樂，就算心中還懷念著什麼的話，也不代表我對這兒不滿意；每個和我有關的人都很好，又有清爽通風的馬廄和最棒的食物可以享受，我還有什麼好不滿足呢？

噢，是自由！在我生命中三年半左右的時光裏，我擁有幾乎是完完全全不受限制的自由；而今週復一週，月復一月，甚至無疑地年復一年，除非是有人需要我服務，否則就得無分日夜地待在自己的馬廄裏，即使是出門服役，也必須像所有工作了二十年的老馬一樣穩重安定，渾身上下都是皮帶，嘴裏含塊馬勒，眼睛上方還得戴對眼罩呢。

唔，我並不是在抱怨，因爲我知道那是必須的。

我只是想說，對於一隻活力充沛，朝氣蓬勃，習慣揚起頭、甩著尾巴、意氣風發、睥睨群倫地在大田野或草原上全速奔馳的小馬而言，再也不能隨心所欲享受一點自由的感覺，委實不好受。有時我的運動量比平常少，就會覺得體內蓄滿了精力和衝勁，因此當約翰帶我出門活動筋骨時，簡直無法保持安定，彷彿非得跳躍、飛竄、甚至踴躍奔騰才足以發洩體內過剩的精力。

我知道我一定讓他嚇了好一大跳，尤其是在剛開始的時候，不過他始終是那麼和善、有耐心。

「好伙伴，鎮定，鎮定！」他總是勸慰，「稍待一會兒，我們可以痛痛快快衝刺一場，很快就可以止止你的腳癢了。」

等到一出村子，他馬上任我撒腿疾馳幾英里，然後帶著不再心煩意躁的我神清氣爽地回家。

一些精神飽滿的馬匹往往只是在遊戲，就會被人稱爲浮躁善驚；可是我們的約翰不一樣，他曉得那只不過是興奮的表現罷了。不過，他仍會以自己的方式——譬如提高音調或扯扯韁繩來使我聽話。只要他的態度是非常嚴肅或十分堅決，我一定會從他的口氣中聽出端倪，而那遠比任何方式對我更爲有效，因爲我真的非常喜歡他。

其實，我們偶而還是會有幾個小時的自由時間，而這通常都是在夏日艷陽高照的禮拜天裏。因爲教堂就在不遠處，所以這一天馬車不用出門。

能夠被放到家庭圍場或老果樹林間溜躂，真是我們的一大享受。青青的草地踩在腳下是那麼清涼柔軟，空氣是那麼芬芳，而爲所欲爲的自由又是那麼美好；我們可以馳騁、躺下，也可以打滾翻，或者細嚼甘甜的青草。同時當我們群聚在大胡桃樹下時，也是一段非常好的談天時光。

第七章　辣子

有一天，辣子和我單獨站在樹蔭下暢談許久，她想瞭解我所有的成長和馴養過程，於是我便一五一十地告訴她。

「呃，」她說，「要是我所接受的是像你那樣的教養，大概也會和你一樣好脾氣，可是現在我想，我一輩子也不可能了。」

「為什麼？」

「因為我的馴養過程和你完全不同。」她回答，「我從來沒遇過任何對我和善、或者我想要取悅的人或馬。我才剛斷奶，就被從媽媽身邊帶到別處，並且被安排住在別的小馬群間。我不像你有那麼和善的人來照顧我、對我說話、帶好東西給我吃。在我一生中，那名照顧我們的人，從沒對我說過一句親切言語。我並不是說他虐待我，只是除了供給我們充分的飼料和冬天裏遮寒的措施外，他絲毫沒有對我們多付出一點關心。

我們的田野之中有條小徑貫穿，許多打小徑上走過的男孩時常對我們擲石頭，看我們滿地亂竄。我自己從沒有被擊中過，可是有匹漂亮的小馬卻被打破了臉，恐怕一輩子都要帶著傷疤。雖然我們本來就不喜歡他們，但這件事卻使得我們更氣憤，心裏都認爲所有男孩全是我們的敵人。

在放牧草場中，我們玩得很過癮，可以一圈又一圈地繞著草場互相追逐，鬧完了再靜靜站在樹下乘涼。然而馴養的時刻一到，卻成了我的苦難時光；好幾名男子跑來捉我，最後終於把我逼到田野的一隅，一個抓著我的額頭，一個緊緊地攫著我的鼻子，害我幾乎無法呼吸；這時，另一個使勁握著我下巴的人用力扳開我的嘴，然後那些人就仗著力氣，將韁繩和馬勒硬塞進我的嘴裏，再由一個人扯著韁繩拖我出來，另一個手執馬鞭在後頭鞭打，這就是我第一次領教到人類的『親切』，而其中包含的全是暴力，那些人根本沒有給我一點瞭解他們期望的機會。

我出身高貴，活力澎湃，並且無疑相當狂野，勢必給過他們不少麻煩；而此時的我卻失去了自由，日復一日被禁錮在馬廄裏，那種滋味實在太可怕了。於是我變得焦急浮躁、憔悴消瘦，一心盼望早日脫離樊籠。你自己深知箇中滋味，有親切的主人耐心地哄誘的感覺尚且那麼惡劣，更何況兩者都沒有的我呢？

我認爲有個人——就是老主人賴德先生，能夠在短時間內把我哄得服服貼貼，能夠陪我完成所有步驟。可惜他卻把嚴格的工作全丟給他兒子和另一個有經驗的人負責，自己只是偶而過來巡視一次。

他那兒子是個高大、強壯而自負的人，大夥兒都叫他參孫①，時常吹噓說，他從沒見過任何一匹能夠將他摔下背的馬。父親的彬彬有禮在他身上絲毫見不到，他擁有的只是嚴酷：嚴酷的聲音，嚴酷的眼神，還有嚴酷的手段。打一開始我就感受到他心中想要的，無非是磨光我的銳氣，讓我變成一匹安安靜靜、低聲下氣、服從聽話的活動馬肉。

哼！『馬肉』，他唯一想到的只是馬肉。」辣子跺跺腳，彷彿一想到他就有氣。

她接著又說：「要是我沒有百分之百照他的意思做，他會把我趕出馬房，扯著長韁繩逼我沿著訓練場一圈又一圈地跑，直折騰到我精疲力盡才罷休。我想他大概是個酒鬼，而且喝得越兇對我越不利。有一天，他使盡所有招術驅策我工作，等我躺下休息時，已經是又氣、又累、又可憐，感覺難受極了。

第二天，他一大早又來找我麻煩，再一次趕著我一圈圈在訓練場上跑了好半天。接著休息不到一個小時，他拿著一副新馬鞍、轡轡，以及一種新型的馬勒過來，到現在我對事情發生的情況還是渾渾噩噩。總之，他騎著我上了訓練場，不知我怎麼惹火了他，他便下死勁地扯著韁繩，勒我嘴角。

新的馬勒卡在嘴裏非常痛苦，因此我猛然懸起前腳；這使得他更加憤怒，開始對我用力鞭打。我全心反抗，不斷猛踢、猛跳，整個身子往後仰，和他大戰一場；有好長一段時間，他一直牢牢夾緊馬鞍，甩馬刺和鞭子殘酷懲罰我。然而我早已氣得七竅生煙，只要能把他摔下背去，才不管他會動什麼酷刑呢。

終於，在經過一陣激烈的掙扎之後，我總算將他甩在背後。我聽見他重重地跌落在跑馬場上，自己頭也不回地撒蹄狂奔到場地的另一頭，這才轉過身來，看著那殘暴的傢伙慢騰騰地從地上爬起來，走進馬廄裏。

我站在一株老橡樹下觀望著，卻沒有人過來捉我。時間一刻刻過去，頭頂上烈日當空、炙熱難當，成群的蒼蠅圍著我營營亂飛，盯在被馬刺刺得鮮血淋漓的腰窩上。我一早都沒吃過東西，覺得好餓，而那片草地上的青草卻長得疏疏落落，連供一隻鵝兒裏腹都不夠。我想躺下來休息，偏偏背上牢牢綁著馬鞍，渾身難過極了，而附近又沒有一滴水可喝。午後時光一滴滴慢慢地挨過，夕陽低垂，我看到別的小馬被帶進馬廄裏，知道牠們就快有一頓好飼料吃了。

終於，就在太陽下山時，我看到老主人手拿一支篩子走了出來。他是位滿頭白髮、非常優雅的老紳士，不過真正能讓我在無數人之間認出他來的卻是他的聲音。他的聲音既非特別高揚，也不是格外低沈，而是親切、清晰、中氣十足，發起命令鎮定而果決，無論是馬匹或人們一聽，就曉得他期望大家服從。

他安詳地朝我走來，偶而抖動一下篩子中的燕麥，愉快而委婉地招呼我：『來，小姑娘，過來，小姑娘；來，過來。』我動也不動地站在那兒等他走上前來，他把燕麥捧到我面前，於是我開始安安心心地吃起美食，因爲他的聲音已經帶走我所有的憂懼。

當我進餐的時候，他站在一旁輕輕拍著我、撫摸我的毛。看到我腿側的血塊，他似乎震怒異常，迭聲嚷著：『可憐的小姑娘！這真是太過分，真是太過分！』說著，溫和地執起韁繩，牽著我回到馬廄。

參孫就站在廄舍門口。

『退後，』主人說，『別擋著牠的路，你已經虐待這小母馬一整天啦。』

參孫咆哮著抱怨了句什麼該死的畜牲之類的話，他父親立刻訓叱：『喂，給我聽著，暴躁的人調教不出溫馴的馬。你還沒學會怎麼做這一行哩，參孫。』說著，便將我牽進馬廐，親手為我解下馬鞍、韁轡，將我綁好，然後叫人送來一桶溫水和一塊海棉，要馬夫提著水，自己脫了外套，拿著海棉在我的腰脇擦拭良久。他的動作是那麼輕柔，我深深相信他一定瞭解那些傷處有多麼腫、多麼痛。

『呵！我的小美女，』他吩咐，『乖乖站好，乖乖站好。』他的聲音使我好過不少，而海棉擦浴更是舒服極了。由於嘴角破得厲害，我沒有辦法咀嚼乾草，深怕被草梗弄痛了傷口。他仔細瞧瞧我的嘴，搖著頭交代馬夫去取份上好的糠糊來，同時在裏頭拌些穀粉。

當我進去的時候，他一直站在身旁輕撫著我，對馬夫說：『像這麼勇敢的一匹馬兒，如果不懂得用恰當的技巧馴養，以後牠什麼差事也做不來啊。』

從那之後，他便時常過來看我，等我的嘴痊癒之後，另一名叫做賈伯的馴馬師接手訓練我。他很穩健、也很細心，我一下子就能瞭解他的期望了。」

---

①Samson：聖經故事中力大無比之勇士，為以色列士師之勇士，借以形容「大力士」。

第八章　辣子的故事（續）

下一次和辣子在圍場上共處時，她對我談起她的第一個落腳處。

「在經過馴養之後，」她說，「我被一名販子買去和另一隻栗色馬匹配對。在並轡駕馭我們幾週之後，他又將我們賣給一名時髦的紳士，從此我們就被送往倫敦。在那名馬販手中時，他總是用制韁來駕馭我，我對那東西簡直厭惡極了；可是在這地方我們卻被勒得更緊，因爲車伕和他的主人都認爲，那樣可以讓我們看起來更加時髦漂亮，我們時常拉著車被趕往公園或者其他新潮的場所打轉。你們這些從沒上過制韁的馬兒，不瞭解那種滋味，說實在真是太可怕了。

我喜歡揚著頭，把它抬得比所有的馬兒都高，但你不妨想像一下，假使你高高揚著頭，並且被迫好幾個小時一直保持相同姿勢，除了陡然一扯韁繩，要你把頭抬得更高外，動都不能移動它一下，頸子痛到忍無可忍，那會是多麼恐怖的情形。況且，我口中卡的不是一塊馬勒而是兩塊，而且是很銳利的那種。它割傷了我的舌頭和下顎，在我爲馬勒和制韁而心煩意亂、怒氣咻咻的同時，嘴角不斷噴出的飛沫早已被舌上的鮮血染成紅色；遇上爲了等候參加某場舞會或盛宴的女主人而必須站立在外時，更加悽慘；而萬一我不耐煩地跺跺腳、使性子，鞭子就會落到我身上。這一切真夠把我逼瘋了。」

「難道妳的主人完全不爲你們設想一下嗎？」我問。

「不，」她說，「他只在乎擁有所謂搶眼的馬兒，我想他對馬匹大概是所知有限，所以全權交由車伕去管。而車伕卻告訴他說，我是匹脾氣暴躁的馬；其實儘管我沒有受好一套制轡拉車的訓練，但應該可以很快適應才對，只是這訓練絕不該由他來進行。因爲當我又難過、又忿怒地待在馬廄裏的時候，我所得到的只是一陣粗暴的責罵或鞭打，而不是親切的安撫或慰藉。只要他和和氣氣，我一定會盡可能地逆來順受。我很願意工作，也準備要賣力幹活，但只因他們的喜好而莫名其妙地受到折磨，卻令我忿怒不平。

他們有啥權利要我受那樣的苦？除了嘴裏的傷痛和頸部的痛楚外，它也總是勒得我的氣管非常難受。我知道要是當初長久留在那兒的話，我的呼吸功能一定全完啦。然而我卻不由自主地越來越惶躁、越來越易怒，甚至一見有人來套我的馬具就攻擊、踢人，因而遭到馬夫的毒打。

有一天，他們才剛剛將我們套上馬車，抖動制韁，勒高我的頭，我便開始使盡全身力氣一陣猛跳猛踢，很快地就掙壞許多馬具，於是，那個地方再也容不下我了。

從此以後，我被送到泰特索茲①待售。

當然，這並不保證從此可以不再受人凌虐，所以未來如何還很難說。很快地，我優美的外型和良好的步法，就招徠一位出售的紳士，於是我又被另一名馬販買走；他用盡各種方式和各類馬勒來試驗我的喜惡，不久就找出我所能接受的形式。

終於，他不靠一條制韁就將我駕馭得服服貼貼，然後將鎮定溫馴的我轉手賣給當地的一名紳士；他是位好主人，我在那裏事事都很順利。可惜他的老馬夫辭工了，來了一個新人。

這個新馬夫和參孫一樣暴烈苛酷，老是用一種粗魯、不耐煩的口氣說話。如果我在馬廄裏沒有隨時按照他的意思移動的話，他就會順手抄起竹帚或耙朝我的後腳踝上方打。他的言行舉止無不粗暴，我開始對他感到厭惡。

他想要讓我怕他，但勇氣十足的我才不可能那麼懦弱。當有一天他又對我做出比平日更凌厲的攻擊時，我咬了他。這自然使得他暴跳如雷，開始拿起一條馬鞭抽打我的頭。在那之後，他再也不敢踏進我的廄舍半步，因爲他很清楚我的牙齒和腳蹄隨時都在等著對付他。和主人在一起的時候，我絕對溫順聽話，但他自然會聽信那馬夫的讒言，因此我又再次被轉手了。

原先那名馬販得知我的消息，並且表示他知道一個地方，在那裏我應該會有好表現。他說：『這麼好的一匹馬就因爲碰不著真正的好際遇而淪爲劣馬，那該有多可惜。』終於，我在你之前不久來到這裏；只是那時的我早已認定人類是我的天敵，一切非靠自衛不行。當然，這裏和那些地方大不相同，可是誰又知道能夠維持多久呢？我真希望自己對事情能和你抱持相同的觀點，然而在經歷過一次又一次乖戾的對待後，那已經是不可能的了。」

「唔，」我說，「我覺得要是妳對約翰或詹姆斯口咬腳踢，那就太丟臉啦。」

「他們對我那麼好，」她回答，「我不想對他們動粗。我的確曾經狠狠咬過詹姆斯，但約翰卻教他：『試著用和善的方式和牠打交道。』而詹姆斯不但沒有如我預期般懲罰我，反而吊著繃帶、帶著糠糊來餵我，輕輕撫摸我，從此我再也不曾攻擊過他，以後也永遠不會了。」

我真爲辣子感到難過，不過——當然啦，當時我的閱歷還很有限，總以爲那多半是她性情暴烈、咎由自取。然而幾個禮拜過去了，我卻發現她愈來愈溫和和愉快，也不再像從前那樣，遇有陌生人接近就露出警戒、挑釁的神情。

甚至有一天詹姆斯也說：「我相信那匹牝馬真的漸漸喜歡起我了，今天早上我按摩牠的額頭時，牠還嘶鳴示好呢。」

「嗯，小詹，是柏特威克丸的功勞，」約翰說，「不久之後，牠就會像黑神駒一樣和善有禮的；可憐的東西，牠所需要的藥方無非是親切！」

主人也注意到牠的改變，有天他下了馬車，像平時一樣對我們講話時，還摸摸牠優美的頸子，說：

「喂，我的美人兒，喏，近來可好嗎？我看牠比剛來時快樂多了喲。」她信賴而友好地朝他仰起鼻頭，他則輕輕地摩按，說：「約翰，我們會治好牠所有毛病的。」

「沒錯，先生，她進步驚人，再也不是從前的樣子了；是柏特威克丸的功勞，先生。」約翰笑呵呵地說。

這是約翰的一個小幽默，他常說任何帶著壞毛病的馬，只要持之以恆地服用柏特威克丸幾乎都能痊癒；至於這些藥丸——他說——是用耐心和委婉、果決與愛撫每樣各一磅，再加半品脫的常識揉製而成，每天餵給馬兒吃。

①Tattersall's：倫敦著名馬市；一七六六年由理查·泰特索所創建。

第九章　逍遙騎

教區牧師布蘭菲爾德先生有一大家子的男孩和女孩，時常會過來找潔西、弗蘿拉兩位小姐一塊兒玩。這些孩子中，包括一名和潔西小姐同齡的女孩，兩名較大的男孩，另外還有幾個小娃子。他們一來，逍遙騎就有忙不完的事要做。因爲孩子們最開心的莫過於輪流坐上牠的背，騎著牠逛遍果園和府裏各角落，一玩就是大半天。

有天下午，牠又和他們出去了，好久之後，詹姆斯才將牠帶回廄中繫好韁繩，說：「喂，你這小淘氣，注意行爲，否則咱們可要吃不完兜著走嘍。」

「你做了什麼事，逍遙騎？」我問。

「噢！」牠揚起牠的小頭說，「我不過是給那些小娃兒一點教訓罷了。他們一上馬背就沒完沒了，既不曉得自己已經鬧夠了，也不曉得我會累壞，所以我只有把他們甩在後頭，才能讓他們明白該是放我休息的時候了。」

「什麼？」我說，「你把那些孩子摔下背去？我還以爲你不至於這麼不懂事呢！你摔過潔西小姐或弗蘿拉小姐？」

牠勃然作色，說：「絕對沒有！就是拿最好的燕麥來交換，我也不會做這種事。喂，我對兩位小姐可是像主人一樣細心周到，至於那些小娃兒們的騎術，更是我一手調教出來的。爲了讓他們適應，每當那些孩子在我背上顯得有些害怕或不穩的時候，我就會把腳步放得像正在追蹤小鳥的貓咪般穩健輕巧，等到他們一切都沒問題後再加快速度，所以用不著勞煩你來對我說教啦，我是他們最好的朋友兼騎術導師。被甩下的不是他們，而是兩個大男生。」

牠抖抖鬃毛，繼續說：「他們倆和孩子們完全不同，他們有必要像我們小時候一樣接受訓練以便明白事理。早先其他孩子已經騎著我玩了將近兩個小時，於是男孩們就認爲該輪到他們了，而事實也是如此，因此我欣然以赴。他倆輪流騎我，而我也撒開蹄子，載著他們在草場、果園裏飛快奔馳了整整一個鐘頭左右。事先他們已經砍下一根大榛木枝充當馬鞭，還略嫌用力地打在我身上，不過，我一直當他們沒惡意，直到覺得我們馳騁夠久了，這才在途中停頓兩、三次來暗示該休息了。

各位，男孩子總把馬匹或小駒當成是引擎或推進器，可以隨他們愛趕多快就多快，愛騎多久就多久，他們從沒想過馬兒也可能會累、會有任何感覺；因此，當其中一個男孩莫名其妙地鞭打我時，我索性懸蹄而立，讓他從背後滑下去——如此而已。

他再度騎到我背上，而我仍舊依樣畫葫蘆。接著換另一個男孩騎到背上，等他一開始動用枝條，我馬上又將他甩脫在草地上，依此類推，直到他們能夠明白爲止；如此而已。他們並不是壞男孩，也不是有意虐待人。我非常喜歡他們，不過——喏，我非得爲他們上一課不可。當他們把我帶到詹姆斯跟前告訴他事情經過的時候，他看到那麼大的枝條似乎很生氣。他說那種東西只適合牛販子、吉普賽，不是小紳士們該拿的。」

「換做我是你的話，」辣子說，「一定狠狠踢那些男孩一頓，準教他們學會這教訓。」

「我相信。」逍遙騎表示，「不過我還不至於笨到（抱歉啦）去惹咱們的主人不悅，或者讓詹姆斯以我爲恥；更何況，那些孩子們騎馬時全歸我照顧；喂，他們可是被託付給我的呢。瞧！前兩天我才聽到主人親口對布蘭菲爾德太太說：『親愛的夫人，您用不著耽心孩子們，我的逍遙騎絕對會像你我一樣悉心照料他們的。我鄭重向您保證，那匹馬兒再高的價我也不賣，牠的脾氣實在好得無可挑剔，而且完全值得信賴。』

妳想，我會只因爲兩個無知男孩虐待了我就變兇變狠，像隻忘恩負義的畜牲般把五年來受到的種種和善待遇、還有他們對我的百般信賴全拋到腦後了嗎？噢！不！妳從沒在一個善待妳的好地方生活過，所以妳不明白。我爲妳感到遺憾，但我可以告訴妳，好環境能夠造就好馬匹。我絕不會做任何惹惱我們主人、朋友的事，我愛他們，真的愛他們。」逍遙騎說著，「咻，咻，咻！」地輕聲噴著鼻息，就像每天早上聽到詹姆斯的腳步聲在門口響起時一樣。

「更何況，」牠接著說，「假使我動腳踢人的話，又會落到什麼下場呢？嘿，馬上被賣掉，而且不附品行證明書。說不定我會在一個肉販子手下做苦工，說不定在一個除了探究我能跑多快外、沒人關心的地區勞動至死；說不定就像在我來到這地方前所住之處常見的一樣，拉部馬車，載著三、四名假日出門尋歡作樂的大人物，一路吃鞭子奔跑。不，」牠搖搖頭，「但願我永遠不會淪落到那個地步。」

第十章　果園中的言談

辣子和我都不是標準天生拉大馬車的品種，反而更具有競賽的血統。我們站起來約有十五個半手寬的高度，既適合騎乘、也適合拉車，而我們的主人也常說他不喜歡那種只會做一種事情的人或馬；既然他無意在倫敦的公共場合中賣弄、誇耀，那麼寧願選擇比較敏捷、能幹的馬匹。

至於我們——我們最大的歡樂就在被套上馬具、準備騎馬郊遊時；主人騎的是辣子，夫人坐在我背上，兩位小姐分別由奧利佛爵士和逍遙騎馱著。我非常喜愛漫步飛奔，因爲那總會令我們感到精神高亢。

在奔跑中，我永遠一馬當先，因爲騎在我背上的夫人體重又輕、聲音又柔，連拉韁繩的時候也只微微地使點兒力氣，因此，我幾乎是在不知不覺中配合她的意思前進。

噢！人們若是知道輕靈的駕馭技巧對馬兒而言是多麼舒適，又多麼容易讓馬兒保特美好的嘴型和溫馴的個性，他們一定不會再動不動就用力拉扯、或者狠狠地抖動韁繩了。我們的嘴部是那麼脆弱，只要不因無知或殘忍的方式而受到破壞或者變硬，那即使駕馭者只是稍微動動他的手，我們也能馬上感覺，立刻反應。

我相信辣子雖然和我的步態完全一樣好，但正因爲我的嘴從未受傷過，所以夫人對我的偏愛才會勝過對她。辣子時常對我又妒又羡，總說要不是不良的馴養過程和在倫敦時使用的啣鐵惹禍，她的嘴巴也會和我一樣完美。

「喂，喂，快別自尋苦惱啦！妳享有最高的榮耀哩，一匹牝馬能夠載著像主人這麼重的高大男子，用不著低著頭就能夠跳躍、奔騰自如，不知有多麼光榮哪！我們馬兒應該逆來順受，若是得到善待，就該知足常樂才是啊。」這時，老奧利佛爵士就會說。

我時常納悶奧利佛爵士的尾巴怎麼會那麼短？垂著一綹尾毛的尾部總共才只六、七吋長。一個假日裡，我在果園中冒昧地詢問究竟是什麼意外使牠斷送了尾巴。

「意外！」牠氣呼呼地冷哼一聲，「才不是什麼意外！是件殘酷、可恥、冷血的行爲！小時候，我被帶到一個專做這些殘忍事情的地方；他們把我牢牢捆綁讓我動彈不得，然後過來切肌斷骨，截掉我美麗的長尾巴，然後把它拿走。」

「太可怕了！」我失聲尖叫。

「可怕！呵！是很可怕；然而，它帶給我的卻不僅限於長久痛徹骨髓的痛楚，也不只是被人奪走全身最美麗裝飾的怨忿；最難堪的是——我要怎樣才能拂走股側和後腿邊的蒼蠅呢？你們這些有尾巴的馬兒可以不假思索地隨意揮走飛蟲，根本無法想像被牠們緊黏不放、叮了又叮，卻沒有任何工具可以趕走牠們的折磨。告訴你，那是一輩子的殘害，一輩子的損失。但感謝上蒼！如今他們不再這麼做了。」

「當時他們又爲何那麼做？」辣子問。

「趕流行！」老爵士跺著腳說，「爲了趕流行！懂了？在我們那個時候，沒有一隻出身高貴的馬兒不是羞答答地縮了一截短尾巴，好像製造我們的萬能上帝不知道我們需要什麼、怎樣最好看似的。」

「我想當初我會在倫敦受雙馬勒之苦，大概就是爲了他們要趕流行吧?!」辣子說。

「絕對是的。」牠說，「聽著，流行是世上最沒道理的事情之一。喏，比方說，他們對待狗的方式吧——爲了讓牠們看來膽大機警，人們截斷狗兒的尾巴，把牠們漂亮的小耳朵剪得只剩一點點，真是！我曾經有過一個叫『斯開』①的好朋友，是隻棕色的㹴狗，她非常喜歡我，每次都非睡在我的馬廄裡不可；她把飼料槽底下弄成自己的窩，並且生了幾條美得不能再美的小狗。因爲品種珍貴，因此沒有一隻被撲殺。瞧，當她守著牠們時，是多麼喜悅啊！而等到牠們大到能夠睜開眼、滿地爬時，更是一幅幸福洋溢的美妙畫面。

可是有一天，男僕把牠們全抱走了，我心想：大概是他擔心我會踩著牠們吧。但事實並非如此，到了傍晚時候，可憐的斯開把牠們一一啣回窩裡來。牠們不再是一群美麗快樂的小狗，而是一隻隻流著血、哀哀悲號著；牠們全被截斷一段尾巴，軟絨絨的漂亮小外耳也剪得光禿禿的。牠們的媽媽在牠們身上舔了又舔，不知有多傷心呢，真是可憐啊！我永遠忘不了那一幕。

牠們的傷口不久就癒合，也忘記當時的疼痛，然而那用以保護耳內脆弱構造不受塵埃傷害的完美小外耳，卻是一去不復返了。這些人何不把自己孩子的耳朵剪成一對小尖點兒，好讓他們看來機警些？把他們的鼻尖削斷，顯得勇敢大膽呢？己所不欲勿施於人，他們憑什麼虐待上帝的創作，毀損牠們的形貌呢？」

奧利佛爵士平日雖然溫順平和，卻也是匹烈性的老馬兒。牠所敘述的事情不僅我聞所未聞，並且十分駭人，不由得，我心中對人類產一股從未有過的反感。辣子自然是激動萬分，她鼻孔賁張、目眥欲裂，甩起頭，宣稱人類全都是殘酷的傻瓜。

「是誰在談論啥傻瓜來著?」一直在老蘋果樹下倚著一條矮樹枝摩搓身體的逍遙騎正巧走過來,「誰在談論啥傻瓜?那可是個壞字眼哩。」

「壞字眼是專爲壞事情而造的。」辣子說著,轉述了奧利佛爵士剛剛說的話。

「一點也不假,」逍遙騎黯然表示,「我在我住的第一個地方不斷重複看到那類事情在狗兒身上發生,但在這裡我們絕不談論這些。你們都知道主人、約翰和詹姆斯一向對我們很好,在這兒數落人們的不是,不但有欠公允,而且顯得不知感恩。況且大家不是不曉得,除了我們的主人和馬伕是沒人能比的之外,世上也還有不少好主人、好馬伕啊。」

我們知道善良的小逍遙騎這番明智的話句句屬實,心情無不頓時平靜下來,尤其是摯愛主人的奧利佛爵士更是怒氣全消。

爲了轉移話題,我問:「有誰能告訴我眼罩的用途嗎?」

「不!」奧利佛爵士率先回答,「因爲它們根本毫無用處。」

「他們認爲,」法官平靜如常地說,「那樣可以避免馬匹因爲畏怯、失驚或者慌亂過度而肇禍。」

「那麼,他們又爲何不替坐騎戴上眼罩,尤其是小姐們的坐騎呢?」我說。

「沒有任何理由，」牠淡淡地說，「無非是潮流罷了。他們聲稱馬兒若是看到自己拖的車廂車輪或是後方來的馬車，必定會嚇得四下逃竄。只是當馬兒背上馱著人的時候，如果街上車多的話，牠還不是照樣會看到四周的人車嗎？我承認有時擠得太緊實在很不愉快，但我們不至於逃跑；我們早已習以爲常，也明白那是怎麼一回事，既然以前沒戴眼罩，以後我們也絕對用不著。比起只看到一些自己不瞭解的東西零星的角落，不戴眼罩使我們更能對周遭的事物一目瞭然，也更不至於受到驚嚇。」

當然，有些小時候受過傷害或驚駭的馬兒可能比較神經質，戴上眼罩對牠們或許會有好處，不過我一點都不神經質，因此也無從判斷。

「我認爲，」奧利佛爵士表示，「眼罩在夜裡是件危險的東西，我們馬兒在黑暗中的視力要比人類強得多，若能夠充分運用自己雙眼的話，許多意外原本都可不用發生。記得幾年前的一個暗夜裡，就在史派羅先生的屋子邊，那兒的池塘緊緊靠著馬路，一部由兩匹馬兒拉著返程的靈車因爲車輪太靠邊緣而翻落水裡，兩匹馬兒全部溺斃，車伕則是好不容易才從鬼門關裡撿回一條命。當然，意外發生之後，那兒的確圍起一道堅固醒目的白欄桿，但假使當初那兩匹馬兒不是處於半盲目狀態的話，牠們自會遠遠避開池邊，也就不會有任何事故發生了。

你們沒來以前，主人的馬車翻覆過，據說要不是左側的油燈熄了，約翰一定會看到築路工人留下的大洞的。大概吧！不過若不是老柯林戴著眼罩的話，不管有燈沒燈，牠都一定會看到那大洞；因爲像牠這樣閱歷豐富的老馬是絕對不可能身陷險境的。正因爲戴上眼罩，老柯林受了重傷，馬車毀損，而約翰是如何能夠倖存的，更是只有天知道。」

「依我看，」辣子不屑地撇開鼻孔，「這些聰明絕頂的人乾脆下個命令，以後所有小馬一出生眼睛就該長在額頭中央；反正他們總是自以爲能夠改善自然造物，修正上帝作品嘛。」

就在氣氛又逐漸變得傷心氣惱時，逍遙騎仰起他那聰穎的小臉來，說：「我告訴大家一個秘密：約翰一定不贊成讓馬戴眼罩。有一天我親耳聽到他和主人在討論這個問題。主人表示：『假使馬兒已經適應戴眼罩了，脫掉它們在某些情況下恐怕會造成危險哩。』約翰則說，他認爲要是我們也像某些國家一樣，從小在馴養的時候就不給馬兒戴眼罩倒是好事一樁呢；所以大家不妨鼓起興致來，跑到果園另一頭去吧！我相信風一定吹落了好些蘋果，我們可以邊吃邊休閒漫步。」

逍遙騎誘人的提議令人難以抗拒，於是我們立即結束長談，嘴裡起勁地大嚼散落在草地上的香甜蘋果，情緒也跟著振奮起來。

①斯開是蘇格蘭西北方Hebrides群島中最大的島嶼，斯開㹴（Skye terrier）則是一種蘇格蘭種的短腿長毛獵犬。

第十一章　直言

在柏特威克生活得越久，我就越以能住在這樣一個地方爲樂、爲榮。我們的主人和夫人有廣受所有相識之輩的敬重和愛戴，他們對每個人、每件事都是和善又仁慈；不只是對男人和婦女，就連對馬匹、驢子、貓、狗、牲口和鳥兒也一樣。在這兒，沒有任何曾受壓迫或虐待的動物不受他們的照拂，而他們的下人作風也完全一致。若是知道有哪個村僮虐待任何牲畜，這些孩子馬上會受到府邸的盤問。

據說，爲了革除人們在拉車馬匹身上套制韁的習慣，鄉紳和農夫葛雷已經共同努力了二十多年，因此在我們這一帶幾乎難得看到套著制韁的馬車；萬一有時夫人遇到拉著沈重包車、頭被勒得直往上仰的馬兒，她必定會停下馬車，下車用她那委婉而嚴肅的語氣勸告車伕，努力讓對方明瞭那有多愚蠢、多殘酷。我認爲天底下沒有人能抵抗得了夫人的勸誡，但願所有的女士們都能像她那樣就好囉。

有時我們的主人實在太習慣對人直言了。記得有天早上，他騎著我返家途中，我們看見有個孔武有力的男子駕著一部小篷車迎著我們走過來。拉車的是匹漂亮的紅棕小駒，四隻腿修長而纖細，靈敏的頭臉一看就曉得牠的血統高貴優良。

就在牠來到獵苑的圍欄邊時，小棕馬轉身朝著圍欄方向走，那名男子既不喝令、也沒警告一聲，猝不及防地猛力一勒馬頭，害得那小傢伙險些沒顛躓摔倒。等到馬兒踏穩腳步後，他又開始狠狠抽打牠。

小棕馬奮力向前衝，他那孔武有力的手卻是用盡幾乎足以扯裂牠下顎的力氣往後拉，同時動不動就抽牠一下鞭子。這一幕對我而言真是太可怖了，因為我知道那會帶給小棕馬脆弱的嘴巴多麼驚心的痛楚。這時主人對我吆喝一聲，不一會兒我們便衝到那人跟前。

「索伊爾，」主人嚴詞厲色地說，「那馬兒可是血肉之軀？」

「何止血肉，還外帶個脾氣咧。牠專愛自作主張，難怪我生氣。」那人怒氣難消似地說。他是個建築商，時常因公到府裡來。

「那麼你是認為，」主人聲色俱厲地問，「這樣對待牠，就會讓牠喜歡你的驅遣嘍？」

「牠沒轉那個彎的權利，牠該筆直往前的！」對方粗暴地說。

「你常趕著那匹馬兒上我這兒來，」主人說，「牠轉這個彎只會顯示牠多有記性，多聽明；牠哪能曉得你不是又要到裡頭去？這實在不干牠的事。坦白說，索伊爾先生，看到你這麼蠻橫、幼稚地對待一匹小馬真令人難過，這樣衝動的結果不止會傷害你的馬兒，更會破壞自己的人格。記住，日後人們都會按照我們所做的事來評斷我們——不管是對人的，或是對獸的。」

主人騎著我漫步回家，從他的口氣中，我可以聽得出這件事是多麼令他難受。他對和他階級相當的紳士們也像對地位低下的人一般直言無諱。

有一天我們出門時，在路上遇見主人的一位朋友蘭利上尉；當時他正俐落地剎住一對拉風的灰色馬匹。略致數語之後，上尉問：「道格拉斯先生，你看我這對新馬兒如何？你是這一帶評鑑馬匹的權威，我很想聽聽你的意見。」

主人讓我倒退幾步，以便仔細端詳端詳牠們。

「只要牠們不是虛有其表的話，」主人表示，「這可是對難得一見、包君滿意的駿馬。不過據我看來，恐怕你只愛折騰你的馬兒，削弱牠們的力量。」

「你是指責我使用制韁吧？」對方說，「呃——唔！我知道這是你的癖好；唔，坦白說，我喜歡看見我的馬兒昂首挺胸。」

「我也喜歡，」主人說，「很多人也都喜歡。不過，我並不喜歡看見牠們長久仰著頭，那會使牠們神采盡失，相形見絀。蘭利，你是個軍人，喜歡看到手下行伍壯盛、『昂首闊步』之類的自然不足爲奇；不過，假使你的部下全得把頭綁在脊椎矯正板上，這種訓練可也沒啥光榮可言啊！也許除了活受罪、不舒服外，這確實不會對他們的行進造成太嚴重的妨害。但若是換成在敵人的衝鋒刀前，正需要隨心所欲運用每塊肌肉、發揮全身力量衝鋒陷陣的情況下呢？只怕勝利的機會是微乎其微了。

馬兒也是如此，你惹毛牠們的脾氣、擾亂牠們的心性，同時削弱了牠們的力量，你不讓牠們倚仗本身重量的優勢來工作，於是牠們只能過度運用肌肉和關節，自然全身的功能也就耗損得更快了。相信我，馬兒跟人一樣，盼望能夠無拘無束地運動自己的腦袋；若是我們能夠多憑一些常識行事，少趕一點流行，很多事情都會容易收效得多。何況你我都清楚，一匹頭頸向後扯緊的馬兒萬一踏錯一步，就很難有機會自行穩住身形和腳步。好啦，」主人朗朗笑說，「我這可是把我的癖好發揮得淋漓盡致啦，你是否可以也下定決心從善如流呢，上尉，你的榜樣一定足以影響深遠的。」

「我相信你的理論很正確，」上尉回答，「關於士兵的一番譬喻更是一刀見血，不過——

—好吧——我會考慮的。」

於是兩人便分手了。

第十二章　暴風雨天

晚秋時節的某一天，主人有事要出一趟遠門。我被套上了雙輪小馬車，約翰陪伴主人同行。

我向來喜歡拉雙輪小車，車廂又輕，高高的輪子跑起來又順暢。天上已經下過不少的雨，此時風吹得正狂，颳得地下的枯葉滿路飛。

我們一路輕輕快快地走著，來到徵稅的關卡和矮木橋前。河的兩岸相當高，而橋墩卻沒有往上隆起，只建在和橋面同一個水平面上。因此萬一河水漲滿時，河心的水幾乎可以淹上木頭橋樑和厚實的木板橋面；還好橋的兩畔都有牢靠紮實的護欄，所以人們絲毫不以爲意。

收過橋稅的人說河水漲得很快，恐怕今夜天候會很惡劣。許多草地都被淹在水面下，馬路上一處低窪地段，水也已經將近漫到我的膝頭；幸虧路面情形良好，主人又很小心駕馭，因此並沒有大礙。

進城之後，我自然必須等上好一會兒，不過由於主人的差事佔去了他很長的時間，因此我們一直到天色將晚才開始打道回府。這時風勢又比來時強了許多，我聽見主人對約翰說，他從沒在這麼狂暴的天候下出門過。走過一座樹林邊時，一枝枝粗大的枝條猶如嫩枝一般隨風擺盪，沙沙的聲響吹得人心裡直發毛。

「但願我們能順順利利出這個林子。」主人說。

「是啊，先生，」約翰回答，「要是哪條大樹枝落下來砸到我們，那可不是鬧著玩的哩。」

話才出口，只聽見先是一聲悶響，隨即又是一聲劈啪、一聲破裂聲響，一株橡樹就在群樹之間整棵從中劈裂開來，倒在我們的面前。我絕不會聲稱自己沒受到驚嚇，因爲當時我的確嚇了一大跳；我僵立當場、無法動彈，渾身大概都在打哆嗦；當然，我並沒有掉頭而去，或者驚慌逃竄，那不是我受過的訓練所允許的。約翰飛快跳下車來，搶到我面前。

「真是千鈞一髮。」主人問，「現在該怎麼辦呢？」

「呃，先生，我們既無法穿越樹林，也不能從旁繞，眼前唯一的辦法就只有退回交叉路，再走上足足六哩路才能回到木頭橋邊了；如此一來，我們勢必遲歸，不過幸虧馬兒體力好，應付得來。」

於是我們回頭繞道交叉路口，等來到橋頭時，天色已經快要全暗了，眼前只看得出河水淹過了橋心，不過由於平常河水上漲時也常會漫上木頭橋，因此主人並沒有停止前進。

我們快速向前，然而四腳才剛踏上橋面，我便發覺一定有什麼不對勁。我不敢繼續往前走，只得猛然停住腳步。

「走哇，神駒。」主人用鞭子輕輕敲我一下，但我動也不敢動一步；他再用力抽我一下，而我還是裹足不前。

「先生，一定是出什麼問題了。」約翰跳下小馬車，走到我面前仔細察看了一番，試著引導我往前走。「來吧，神駒，哪裡不對啊？」

我當然沒法告訴他，可是心裡卻很清楚那橋不安全。就在這時，橋的另一頭，那名收過橋稅的男子也衝出屋子，像發了瘋似地狂舞一支手電筒，大叫：

「喂，喂——快停啊！」

「出了什麼事哇？」主人呼喊。

「橋心斷了，部分被水沖走了，要是你們再朝前走，準會掉到河裡去的。」

「上帝保佑！」主人說。

「好神駒！」約翰挽著韁轡，溫和地掉轉我的方向，走到河岸右手邊的馬路上。

太陽早已西沈，肆虐的狂風在一陣呼嘯摧折樹幹後，也似乎平息了下來。天色愈來愈暗，四周愈來愈寂靜。我安詳地小跑步前進，在軟軟的路面上，車輪幾乎是無聲無息地輾過。

主人和約翰有好一會兒都沒開口，最後，主人開始用一種很嚴肅的語氣說話。我不太能夠明瞭他們說些什麼，只發覺他們認爲若是我依照主人的意思向前走，恐怕木橋會在我們腳下坍塌，連車帶馬、還有主人和約翰，都要掉到河裡去了；而當時水流又急，附近又沒有光線和援手，很可能我們全會因而溺斃。

主人說上帝賜予人類思考能力，使他們能夠自行探究出許多事情，賜予獸類的卻是不須依仗思考力而具備的知識，並且往往更能立即反應，更完美，同時因而挽救無數人命。約翰有數不清的馬、狗以及牠們的神奇事蹟可告訴眾人；他認爲人們實在太不珍惜自己的牲口，也不懂得應該把自己當成動物的朋友。我相信如果世上真有人以動物的朋友自居，那麼約翰一定是其中之一。

最後，我們終於回到宅院門口，發現園丁正東張西望地眺望我們的蹤影。他說夫人自從天黑後就一直心神不寧，深怕我們會有什麼意外，還派詹姆斯騎著雜色馬法官往木頭橋方向去探聽我們的消息。

我們在走道門口處看見樓上窗口亮著燈光，等我們踏上玄關時，夫人也已飛奔出來，嘴裡問：「親愛的，你真的平安沒事嗎？噢！我急死了，一直胡思亂想。你們沒碰上什麼意外？」

「沒有，親愛的。不過，要不是妳的黑神駒比我們靈慧得多的話，我們一定都早已在木頭橋那兒被河水沖走啦。」我只聽到這兒，他倆就相偕進屋去了，約翰也牽著我回到馬廄裡。

噢，那一晚他賞給我的晚餐是多麼豐盛啊！有可口的糠糊、壓碎的青豆以及燕麥吃，還鋪上了厚厚的稻草床，讓我好舒服，因爲我實在累壞嘍！

第十三章　惡魔的標幟

有一天，約翰和我出門爲主人辦事，回程時，我們優哉游哉地走在筆直的馬路上，望見稍遠處有個男孩騎著匹小馬，正想讓牠躍過一道柵欄；那馬兒不肯跳躍，男孩便用馬鞭抽牠，但牠只是把身子轉向一側；男孩又抽牠，狠狠打牠一頓，又捶捶牠的頭，這才跨回馬背，再度催牠跳躍柵欄。

他惱羞成怒地不停踢那小馬，但牠仍舊不肯服從。這時，我們已經快走到他們跟前，小馬垂下頭、揚起後蹄，巧妙地將男孩送到柵欄那頭最茂密的一欉樹籬中，拖著轡繩，撒開大步朝自己的家飛奔而去。

約翰放聲大笑，直說：「他活該！」

「噢！噢！噢！」男孩哭嚷著在刺棘間掙扎，「喂，快過來幫幫我。」

「抱歉，」約翰說，「我認爲你就該留在那地方，也許抓破幾道傷痕能讓你學會，不要逼馬兒跳對牠而言太高的柵欄吧！」約翰說完便騎著我離開，嘴裡還自言自語地說：「說不定那小夥子不僅是個愛撒謊的傢伙，還是個殘忍的小鬼呢！神駒，我們繞道布胥比農夫處回家。若有人要打探究竟，我們可通知一聲。」

於是我們右轉前進，不一會兒，來到穀倉邊主屋視線可及的範圍內。農夫匆匆忙忙跑到路上來，他的妻子則是一臉驚慌地站在大門口。

「你有沒有看到我兒子？」看見我們走上前來，布胥比先生說，「一個小時前，他騎著我的小黑駒出去，剛剛那馬兒回來了，背上卻沒個人影。」

「坦白說，先生，」約翰回答，「我想除非接受的是正確的駕馭方式，否則我想，牠背上還是沒人的好。」

「這話是什麼意思？」農夫問。

「唔——先生，我剛剛看見你兒子因為那匹漂亮的小馬不肯跳過對牠而言太高的柵欄，惱羞成怒地不停對牠又踢、又捶、又打的。先生，那匹小馬表現良好，也沒表現什麼惡癖；不過最後，牠還是揚起腳蹄，把小少爺摔到帶刺的樹籬中去啦。他要我幫他脫困，不過很抱歉，先生，我並不想那麼做。先生，他沒摔斷骨頭，只是多了幾處皮肉之傷而已。我愛護馬匹，看到牠們受人虐待，我會怒火填膺，把一隻動物激怒到竟會動起腳來，實在是大失策，這種事有一就會有二的。」

他的話還沒說完，做母親的已經開始哭號：「噢，我可憐的比爾，我必須去找他，他一定受傷了。」

「妳最好進屋去，太太。」農夫說，「比爾需要受點教訓，絕不容寬貸；這已經不是他第一次、第二次虐待那匹小馬了，我非阻止不可。非常感激你，曼利。再會。」

於是約翰一路笑呵呵地騎著我回到家裡，把這件事情說給詹姆斯聽。

詹姆斯哈哈大笑，說：「他活該。我在學校裡認識那個男孩，他因爲自己是個農場主人的兒子便趾高氣昂的，三天兩頭欺負弱小，在小孩們面前擺足臭架子；我們這些大孩子自然不容許他這麼胡來，非讓他認清在學校裡，農場主人的孩子和工人的孩子沒有兩樣不可。

記得有一天，就在上下午課之前，我發現他在大窗口捕捉蒼蠅，然後扯掉牠們的翅膀。他沒看見我；我重重賞他一耳光，打得他趴在地上。喏，盛怒如我當時還是不免嚇一大跳，因爲他簡直是搶天呼地地怒吼、咆哮。操場上的同學們全往教室裡衝，老師也從馬路上跑過來看看是誰慘遭毒手。我自然源源本本、一字不漏地坦白說出自己做了什麼事，爲何那麼做，然後把那些可憐的蒼蠅指給老師看：有的血肉模糊，有的無助地四處亂爬。接著，我又請他看窗檯上的翅膀。我從沒看見他那麼生氣過，而比爾卻還在像個十足的儒夫般揮淚哀號。不過老師並沒有對他動手體罰，而是命他整個下午乖乖坐在板凳上，同時命令他那一整週都不許出去玩，然後鄭重萬分地對全體同學談論有關殘忍行爲的種種，並說明傷害弱小無助者是多麼卑鄙的表現。

然而最令我心有戚戚焉的卻是：他說殘忍行爲是惡魔本身的商標。我們只要見到任何以虐待爲樂的人，自然會曉得他是哪一流人物；因爲惡魔自始至終都是個施虐者、謀殺犯。反之，若是見到能夠愛護鄰居，善待人、獸的人，也可知道那便是上帝的標誌，因爲『上帝就愛』。」

「你們老師教得再實在也不過了。」約翰說，「世上沒有一個宗教不講求愛的。人們嘴裡儘可以大談他們有多麼喜愛自己信仰的宗教，然而，只要這信仰沒有教會人們善待人、獸，那麼這一切便都是虛僞的！都是虛僞的啊！詹姆斯，一旦真相大白、水落石出，他們的僞裝就會馬上不攻而破啦。」

第十四章　詹姆斯・霍華德

十一月初的某個清晨，約翰帶著剛做完每日運動的我回到馬房，正在爲我繫上布被，詹姆斯也從穀倉裡拿了些燕麥過來。這時，主人手裡拿著一紙打開的信件，神情肅穆地走進馬廄中。約翰綁好我的房門，抬抬帽子，聽候命令。

「早安，約翰，」主人說，「我想知道你對詹姆斯是否有任何抱怨？」

「您說抱怨，先生？不，先生。」

「他是否勤於工作，對你敬重？」

「是的，先生，一向如此。」

「你從沒發現過他趁你不注意的時候疏忽工作？」

「絕對沒有，先生。」

「很好，不過，我還必須再問一個問題；是否有任何理由足以使你懷疑他在出去溜馬、或爲馬按摩時，放下手邊的工作和熟人談天，或是無故跑到人家屋裡去，把馬丟在屋外不管？」

「沒有，先生，百分之百沒有；就算有人那樣議論詹姆斯，我也不會相信的，而且除非親眼所見，或者經過徹底證實，我根本不願相信。我無權批評是誰在詆譏詹姆斯的人格，不過，先生，我敢擔保在這座馬廄裡，我再沒見過一個比他更可靠、更和樂、更老實、更機靈的小伙子了。我可以信賴他的話，也可以信賴他的工作；他對馬匹溫和而靈巧，比起我所認識那些戴著滾邊帽、穿著馬房制服的年輕人，我情願把馬兒交給他照料。無論是誰想要詹姆斯的服務證明書，」約翰斷然一甩頭，「只管要他來找約翰・曼利。」

主人一直嚴肅而專注地站在一旁。不過當約翰結束他的長篇大論後，主人立刻眉開眼笑，親切地望著一直靜靜恭立在門口的詹姆斯說：

「詹姆斯，好孩子，擱下燕麥到這邊來。我很高興聽到約翰對你的品行看法和我完全一致。約翰是個審慎的人，」他露出一個調侃的笑容，「要想得到他對人們的意見，往往不是很簡單，因此我想，若是我能夠旁敲側擊，真相自然會表露出來，如此，我也就能夠很快獲得自己想要的答案了，所以現在我們不妨開始討論正事。我收到一封我的連襟——克利佛府的克利佛・威廉斯先生來信；他要我幫他物色一名年紀約在二十初頭，熟悉自己職業，爲人殷實可靠的年輕馬伕。在他那兒工作了二十年的老車伕已經漸漸年老體衰，他想找個人和他一塊兒工作、學習他的做事方式，等到老人家退休養老之後，這個人也能夠接下他的職務。一開始，他會先給一週十八先令的週薪、一套訓練服、一套駕車服、一間在車房那頭的寢室，另外，還會派個小馬僮在他手底下打雜。克利佛先生是個好主人，如果能夠得到那職位的話，對你而言將會是個好開始。我並不想把你讓給別人，我也知道一旦你離開的話，約翰會失去個左右手。」

「的確如此，先生，」約翰表示，「但不管怎麼樣，我都不會妨礙他前程的。」

「詹姆斯，你幾歲啦？」主人問。

「到明年五月滿十九，先生。」

「那麼小哇；約翰，你的意見呢？」

「唔——先生，他年紀的確是還小，不過爲人做事卻像成年人一樣穩健牢靠，而且一樣成熟強壯。雖然駕車經驗不多，但他有著靈活而穩定的技巧、敏銳的判斷力，而且工作十分小心謹慎，我敢保證，由他照顧的馬匹絕對不會因爲半點疏忽而受害的。」

「約翰，你的話將會是最有力的推薦，」主人說，「因爲克利佛先生的信中還加了一條附註：『要是能找到一名由你們家約翰調教出來的馬伕，將會比其他任何人選更合我意。』所以詹姆斯，好孩子，你不妨仔細考慮考慮，午餐時間和你母親商量一下，然後把你的意思告訴我。」

在經過這次談話後的幾天，詹姆斯要在一個月到六週之間前往克利佛府的決定，已經完全安排妥當。一方面既可以配合他的新主人，一方面，他也可以利用這段期間儘量練習駕車技巧。

以前我從沒見過馬車出入如此頻繁，那時，只要夫人沒出門，主人總是親自駕馭雙輪小馬車；但現在不管是主人或者兩位小姐，甚至只是跑腿辦差，辣子和我都會被套上大馬車，由詹姆斯負責駕車當差。最初約翰還陪他坐在駕馭者座位上，指點他這個那個的，不久，趕車的工作就完全交由詹姆斯獨挑大樑了。

接著，主人在週六到城裡去，要去的地方多得數不清，繞的街道一條條古怪又陌生。另外他說，什麼都要在火車進站所有包車、馬車、貨車、驛車全一古腦兒擠著要過橋時，趕到車站去；在鐵路鈴聲響起時，這道橋非得要有好馬配上好車伕才過得去，因爲橋面非常狹隘，而且在靠站的地方還有個很急的急轉彎，如果不聚精會神、敏捷應付，一不小心人車就會撞在一起了。

第十五章　旅館裡的老馬伕

在這之後，主人和夫人決定由詹姆斯駕車，相偕到離家四十六哩外的地方去拜訪幾位朋友。

第一天我們趕了三十二哩路，途中經過幾處漫長崎嶇的山路，不過詹姆斯駕駛得很小心，也很體恤，因此我們並沒有感到絲毫憂心或厭煩。

他從沒忘記在下坡時幫我們加上阻滑鐵，也不曾疏忽要在適當時候取下，並且一路留意讓我們走在最平坦的路面上。假使上坡路段很長的話，他會將車輪稍微橫在馬路以防車子倒滑，好讓我們喘口氣。這些瑣瑣碎碎的小事情對馬匹的幫助很大，尤其是若能加上好言好語的慰藉，收效就更加顯著了。

我們在途中歇過一兩次腳，就在太陽漸漸西下時，大夥兒已經抵達預訂過夜的小鎮。

我們投宿在商業地帶首屈一指的旅館內，這家旅館規模很大，我們先由一道拱門下行經長庭，才來到位於盡頭的馬房和車房。

旅館的馬伕班頭是個親切愉快、活力旺盛、瘸著一條腿、身穿黃色條紋背心的瘦小男子。我從沒見過卸馬具動作像他那麼快的人；他拍拍我，溫和地低語幾句，領著我走進一個包含六至八間廄舍的馬廄，裡頭已經有兩三匹馬在，辣子則由另一名馬伕帶進來。

當他們爲我們清洗全身、梳理鬃毛時，詹姆斯就站在一旁看著。這小老頭對我的梳洗工作比我所遇過的任何人都要輕巧、俐落。等他做完之後，詹姆斯彷彿不信我已徹底潔淨舒爽似的，走上前來摸遍我的全身，結果發現我的毛皮有如絲緞一般清潔光澤。

「哇，」他說，「我以爲我的動作已經相當快，約翰更是俐落，但你卻在迅速和徹底兩方面同時勝過我所知道的每一個人。」

「十全十美是靠多練習得來的，」彎腰駝背的老馬伕說，「若是我做不到就太可悲了，四十年的實際經驗還無法達到完美！哈！哈！多可憐喲！那不過是習慣問題罷了；若是你能養成行動迅速的習慣，自然也可能養成拖拖拉拉的毛病，或許甚至更容易。事實上，一件事情花兩倍時間對我的健康可吃不消。嘖嘖！我不可能像某些人那樣一面彎腰工作，一面還吹口哨！喏，我自從十二歲起就與馬匹爲伍，不管是在狩獵場的馬房，或者在競賽場的馬廄裡。瞧，儘管個頭矮小，我也當過幾年騎師；可惜，哎，當初在古德伍時因爲跑馬場太滑，我那可憐的大飛燕（馬名）摔了一跤，把我的膝蓋也給跌壞了，從此，我自然無法再在賽馬場上和人一較長短啦；但沒有馬我活不下去，絕對活不下去，於是開始轉入旅館業中工作。

說真的，能夠接觸到像這樣一匹血統好、有規矩、受過良好照顧的牲口真是件天大的樂事；嘖嘖！我看得出一匹馬兒從小受的是什麼樣的待遇。只要讓我和馬兒相處個二十分鐘，我就可以告訴你牠曾遇上過什麼樣的馬伕。瞧瞧這匹，安詳、和樂，你要牠轉身牠就轉，乖乖抬起腳讓你清洗，要牠怎樣牠就怎樣；再看另一匹，急躁、不安，愛牠走東牠就朝西，也不肯乖乖跨過馬廄門，一有人走近，馬上揚起頭伏貼耳朵，似乎有些驚惶，再不然就動輒對人舉腳算帳！可憐的東西！我明白牠們曾經遭受什麼樣的待遇。

遇上天生膽怯的馬匹，那會使得牠們趨於害羞、緊張；換作性高氣傲的，則會因此而變得兇狠，容易傷人；牠們的性情往往都是在小的時候就已完全成型了。嘖嘖！牠們就好比孩子一樣；書上說的，要得怎麼樣的果就得先怎麼樣栽培，這樣到大時，牠們才不會悖離你的期望；如果說牠們有什麼指望的話，那就是牠們的指望。」

「我喜歡聽你講話，」詹姆斯說，「我們在家——在主人家，就是按這個原則做的。」

「如果這個問題不太冒昧的話！小伙子，借問你家主人是哪位？從我眼中看到的情形看來，想必他是個好主人。」

「是翻過貝坎丘陵那頭、柏特威克獵苑一帶的鄉紳戈登。」詹姆斯回答。

「啊！是了，是了，我聽過他的大名；善於品鑑馬匹，對嗎？是當地最好的騎士吧？」

「沒錯，」詹姆斯說，「但自從可憐的小主人喪生後，他已經很少騎馬了。」

「啊！可憐的先生。當時我從報上得知詳情，還有一匹良駒也同時送了命，不是嗎？」

「正是！」詹姆斯說，「是匹難得一見的好馬，和這匹是兄弟，外型、個性都神似。」

「可憐啊！可憐！」老馬伕說，「如果我沒記錯，那是個很不適合跳躍的地方。最高處有道稀疏的籬笆，緊捱著就是連著小溪的陡峭堤岸，不是嗎？馬兒根本無從看出下一步踏的是哪裡。瞧！像我這種騎起馬來豪勇無比的人，尚且認爲有些跳躍動作只有閱歷特別豐富的狩獵老手才有資格做哩；一個人加一匹馬的命運比一條狐狸尾巴有價值多嘍。至少我的看法如此。」

這時，另一名馬伕也已爲辣子做好清潔按摩，替我們送來穀料，於是，詹姆斯便和老馬伕一塊兒離開馬廄了。

第十六章　火災

稍晚，助手馬伕帶著某個巡迴推銷員的馬進馬廄來。就在他洗馬的同時，一名叼著菸斗的年輕人也懶懶地逛進來找他聊天。

「喂，托勒，」馬伕吩咐，「快爬上梯子去取些草秣來放在這匹馬的飼料槽裏，好嗎？不過記得，先熄了菸再去。」

「成。」小伙子應聲爬上小梯門裏去了。我聽到他踏過頭頂的樓板，取下乾秣的聲音。詹姆斯進來查看我們大小事都沒問題後，廄房門就跟著關上了。

我記不得自己睡了多久，也分不清當時是半夜幾點，總之我突然莫名其妙、怔忡不安地驚醒了。

我站起身來，四周是一片濃濁不清、空氣嗆人。我聽見辣子在咳嗽，另外還有一匹馬兒在倉惶地四下走動；天色很暗，我什麼也看不見，但馬廄裏卻是濃煙密布，簡直無法呼吸。

小梯的門並沒有關上，我覺得煙味就是從那兒傳過來的。我豎耳細聽，聽見一陣低低的窸窣聲，還有沈沈的劈剝爆裂聲音。

我不明白究竟是怎麼回事，但那聲音是這麼奇怪、陌生，不由得我渾身打起了顫來。這時，廄裏其他的馬匹也全醒了，有的拚命扯動自己的繫韁，有的直跺腳。

終於，我聽到外頭響起腳步聲，那名早先牽推銷員馬匹進廄房的馬伕提著燈衝了進來，開始解開馬兒繫繩，設法帶領牠們出去；但他自己似乎慌慌張張、驚魂未定，只會讓我感到更加驚惶而已。

第一匹馬不肯隨他出去，於是他又試著去拉第二匹、第三匹，牠們同樣動也不肯動。於是他走到我身邊，想靠蠻力強行把我拖出馬廄，結果自然是徒勞無功。在一匹一匹全試過之後，他無可奈何地走出了馬廄。

我們的行爲無疑愚不可及，然而當時感覺上好像危機四伏，又沒有任何熟悉的人可以信賴，一切都是那麼陌生、那麼不確定，也難怪我們躊躇不前了。

新鮮的空氣從敞開的廄門吹進來，讓我們的呼吸順暢得多，但頭頂的窸窣之聲卻是越來越響。我抬頭從空草料架的木條間往上望，只見牆上搖曳著一團紅光，接著又聽到馬廄有人大叫一聲：「失火了！」隨後老馬伕立刻迅速而鎮定地跑了進來；他先把一隻馬匹弄出廄外，馬上又來牽第二隻，但這時小梯門邊已是烈焰奔竄，頭頂上的轟鳴更是聲勢驚人。

接著我聽到的是詹姆斯的聲音——如平時，安詳而開朗。

「來，我的好馬兒，我們該出去嘍，快打起精神，向前走。」我站得最靠近門邊，因此他一進來就先走到我身邊，輕輕拍著我：「來，神駒，套上轡轡，好夥伴，一會兒我們就要離開這打尖的地方了。」

沒兩下工夫他立刻套好轡轡，然後抽下脖子上的圍巾輕輕綁在我眼睛上，連拍帶哄地牽著我走出馬廄。

一出安全的外庭，他立即取下那條圍巾，大喊：「喂，快來個人啊！照顧一下這匹馬，我得去帶另一匹。」

一名魁梧的男子走過來牽著我，詹姆斯立刻衝回馬廄去。一看他離開，我馬上扯起嗓門尖嘶一聲。事後辣子告訴我，那聲長嘶可以說是她的大救星。因為要不是聽見我已經安全走出廄外，她是絕不可能有勇氣出來。

庭院裏混亂一片，另外幾座馬廄裏的馬匹紛紛脫身出來，屋裏、棚裏的大馬車、雙輪車全被拖出房外，以免火勢蔓延開來。庭院的另一頭，一扇扇窗戶全被推開了，人們驚惶萬狀的喊叫聲此起彼落；但我雙眼一直定定盯著馬廄的門。那兒冒出的煙比早先更加濃了，甚至看得到紅色的火光；不一會兒，我又在喧囂紛亂之中聽到一個清晰嘹亮的聲音——是主人，

「詹姆斯．霍華德！詹姆斯．霍華德，你在裏面嗎？」

主人的呼聲得不到回答，但我聽見廄內傳來某種東西落地的砰然重擊聲，轉瞬間，我又發出一聲響亮興奮的長嘶，因爲我看見詹姆斯正牽著辣子穿過濃煙往外走；辣子一路咳個不停，詹姆斯也被嗆得說不出話來。

「勇敢的好孩子！」主人握著他肩頭說，「有沒有受傷？」

詹姆斯搖搖頭，因爲他還無法說話。

「嗯，」牽著我的那名高大男子說，「他的的確確是個英勇的少年。」

「好啦，」主人說，「詹姆斯，等你喘過氣來，我們得盡快離開這地方。」就在我們朝走道移動的同時，市集那頭傳來一陣快馬疾馳和車輪飛轉的轟隆聲。

「救火車！救火車來了！」兩三個聲音在大吼，「退，快讓個路！」隨後兩隻馬匹便拖著沈重的救火器材轟隆隆、喀啦啦地輾過石子地，衝入庭院。救火人員一躍而下，他們用不著問哪裏起火——整座馬棚已經是一片火海了。

我們飛快衝進平靜開闊的市集地，天上繁星閃爍，除了背後那一大片喧嚷，市集一帶一片寂靜。

主人領著我們到市集另一頭的一家大旅館去，店頭馬伕一到，他立刻吩咐：「詹姆斯，我得趕緊去找你們夫人，這兩匹馬我全權託付給你，看需要怎麼安排就怎麼安排。」說完掉頭就走，雖然沒有跑步，但我從沒見過任何人走路像他當時那麼快的。

進入這家旅館的馬廄之前，我們聽到一陣令人毛骨悚然的聲音；是那些留在馬廄中，快被活活燒死的可憐馬匹發出的慘叫！好嚇人！我和辣子聽了都好難受。不過我們終究還是被帶進馬廄，安頓妥當了。

次日早晨主人過來查看我們的情況，順便對詹姆斯說話。由於馬伕正為我按摩筋骨，因此我並沒有聽到多少。不過我看得出詹姆斯好像很高興，想必是因為主人深深以他為榮吧?!由於夫人昨夜驚嚇過度，行程延遲到午後，所以詹姆斯有一整個早上時間，先到旅店去查問我們的馬具和馬車是否受到波及，再去多探聽些有關火災的詳情。

等他回來後，我們就聽到他在告訴旅館的馬伕這些消息。他說，最初誰也猜不出起火的原因，不過後來，終於有人說他看見狄克•托勒叼著菸斗進馬廄，出來時嘴巴已經沒有叼煙，又到酒鋪去拿了一支。接著助手馬伕也說，他曾請狄克到小梯上去取些乾草下來，不過事先交代過他要先把菸熄掉。狄克否認他叼了菸進去，但沒人相信他。我想起我們的約翰・曼利有條規定，就是馬廄裏不允許有任何一支菸存在，我想無論是在何處，這都該是條通則才對。

詹姆斯說，那座馬廄的屋頂和樓板全塌了，只剩下燒得通黑的牆壁在，還有兩匹無法逃出火場的可憐馬被埋在燃燒的大椽樹和瓦片下。

第十七章　約翰・曼利的一席話

剩下的旅程非常輕鬆，太陽剛下山不久，我們就到主人朋友的住處了。我們被帶到一座整潔溫暖的馬廄，那兒有位和顏悅色的馬車伕把我們照顧得十分舒適，而且在聽說火警的情形後，他似乎非常看重詹姆斯。

「年輕人，有件事毫無疑問——」他說，「你們的馬知道誰是牠信賴的人，不管發生火災或水災，要把馬兒弄出馬廄永遠是世上最困難的事情。我不明白牠們爲何不肯往外走，反正就是不肯——十之八九都是如此。」

我們在那兒逗留了兩、三天再回家，途中事事順利。我和辣子很高興回到自己的馬廄來，約翰看到我們也同樣開懷。

晚上他和詹姆斯離開馬廄前，我們聽到詹姆斯說：「不曉得誰會來接替我的工作哩！」

「是門房那邊的小喬伊・格林。」約翰說。

「小喬伊・格林！他還是個孩子呀！」

「有十四歲半嘍。」約翰表示。

「但他才只是個小傢伙而已呢！」

「沒錯，他是個小不點兒。不過那孩子機靈、樂意工作，心腸也很好，又非常盼望來這兒，而他的父親也會喜歡這安排的，同時，我曉得主人也很願意給他這個機會。他說，要是我認爲那孩子不適合的話，他會留意找個大點兒的孩子過來，不過我回答說，我願意先讓他試做六週。」

「六週！」詹姆斯說，「喂，他少說也要六個月才能派得上用場！約翰，你可有一大堆工作要忙嘍。」

「得了。」約翰哈哈一笑，「工作和我是兩相好，我還不到害怕工作的時候哩。」

「你是個大好人，」詹姆斯說，「但願這輩子我有機會趕得上你。」

「我很少提到自己的事，」約翰說，「但你就要離開我們，投入社會自謀生計了，我不妨對你說說我是怎麼看待這些事情的。在我像喬瑟夫（喬伊是喬瑟夫的暱稱）這個年紀的時候，我的雙親就因染上熱病，在不到十天之內相繼過世了，留下我和跛腳的姊姊奈莉孤伶伶活在世上，沒有一個親戚朋友可以求助。我不過是個農家的小僮僕，賺的錢連自己過活都不夠，更甭提要維持姊弟倆的生計了，幸而遇到我們的夫人（奈莉說她是天使，而她當之無愧），否則她就得進貧民習藝所去了，夫人來看奈莉，並且爲她和老寡婦梅莉特租了個房間，在她能夠工作時就給她些編織，或者針線活做；遇到她生病時，夫人又會像個母親般送她飯菜和許多美好的慰問品。

其次，主人也收留我到馬廄裏，在當時的車伕老諾曼手下幹活。待遇是在府裏用餐，睡在廄樓裏，外加三先令的週薪，如此一來，我就可以幫助奈莉了。

接下來是諾曼。本來他大可以另有意見，說以他的年齡實在不適合再帶個只會種田鋤草的小孩來自找麻煩，而他卻情願像個父親一樣，爲我多吃了無數的苦頭。幾年之後老人家過世，我就升上來接替他的位置。當然這時我就領高薪，可以積攢錢財以備不時之需，而奈莉也生活得像鳥兒一般快樂自在了。所以，詹姆斯，我根本沒有資格去惹一位善良、親切的主人不悅啊。不行！絕不行！當然，我會非常想念你這個好幫手，詹姆斯；不過我們會撐過去的；況且，這不過是順手做件好事而已，我很慶幸能有這個機會。」

「這麼說來，」詹姆斯問，「俗話說：『各人自掃門前雪，莫管他人瓦上霜。』你是全然不贊成的嘍？」

「自然不贊成！」約翰答道，「若是主人、夫人和老諾曼都不管他人瓦上霜，奈莉和我能有今天的日子嗎？不！她會進入貧民習藝所，而我則是在犁田翻土！如果你只顧自己，黑神駒和辣子又會是什麼下場呢？是被燒焦、燒死啊！不，小詹，不！那是句自私、壞心眼的俗語。管誰拿它當實踐信條，或者認爲除了爲自己謀利外什麼也不用做，我想他倒不如早死早超生的好。」約翰甩著頭說。

詹姆斯聽了哈哈大笑，不過再開口時，聲音中卻多了一股沙啞：「除了家母，你一直是我最好的朋友，但願你不會忘記我。」

「不，孩子，不會的！」約翰說，「同樣的，我也希望你不會忘了我。」

第二天喬伊來到馬廄，以便在詹姆斯離開之前儘量多學習些本領。他學著打掃馬廄，幫助洗刷馬車。

由於他實在太矮了，根本還無法爲辣子和我洗刷、餵草，所以詹姆斯先以逍遙騎做範本來教他，因爲以後，他就要在約翰的督導下全權負起照顧牠的責任了。他是個非常和悅開朗的小傢伙，每天總是吹著口哨來工作。

逍遙騎被「那個什麼都不懂的小孩子」折磨得骨頭都快散了，可是等到兩個禮拜快過完後，牠卻悄悄改口對我說，牠覺得那孩子以後會幹得有聲有色。

終於，詹姆斯離開我們的日子來了，平時成天笑嘻嘻的他，那天早上卻是一臉悒鬱。

「瞧，」他對約翰說，「我就要丟下許許多多事物而走了，我的母親和蓓特西、還有你，以及一個好主人和好夫人，再來是這些馬匹和我的夥伴逍遙騎。到了新地方，我不會再去結交什麼人。要不是我在那兒有高升的機會，又能夠多幫我母親減少一些負擔，恐怕我是拿不定主意去的。約翰，這真是教人難過啊！」

「是啊，詹姆斯，孩子，的確是啊！但如果你真能做到初次離家卻無動於衷的話，我才真會瞧不起你吶！打起精神，你在那兒會交到新朋友的。而且，若是你能做得順利成功——我相信你一定會的，對你母親可說是一樁好事情，到時，她一定會以你能夠得到那麼好的職位爲榮呢！」

約翰的話果然使他開朗了些，然而失去詹姆斯卻讓大家情緒都很低落，逍遙騎更是對他苦苦思念，一連好幾天都食欲全無。於是約翰只好連著幾個早上在帶我出門溜躂時，順便用牽繩牽牠出去，果然，和我併肩漫步奔跑讓這小傢伙重新振作起精神，不久之後就恢復了正常了。

喬伊的父親瞭解馬伕的工作，時常抽空進來幫些小忙，而那孩子在學習的過程中也吃足不少苦頭，還好約翰一直對他鼓勵有加。

第十八章　請大夫

詹姆斯離開數日之後的一個夜裏，我已經吃完草糧，躺在麥稭上沈沈睡熟了，突然被一陣非常響的馬廄鈴聲吵醒。我聽到約翰的房門開了，隨後便是他飛快奔向府邸的腳步聲。

不一會兒他又奔回馬廄，打開廄門，進來大叫：「神駒，快起來，一定要盡全力以赴才行！」我還來不及弄清楚是怎麼一回事，他已經為我套上籠頭、鞍具，衝過去披上自己的大衣，然後牽著我跑到府邸大門。

「快，約翰，拚了你的命——我是說，為了救你們夫人一命——你要快馬加鞭地衝，一分鐘也耽擱不得；把這字條交給懷特大夫。讓你的馬在小旅社休息一下，然後盡快趕回來。」鄉紳提著一盞燈站在門口說。

約翰喊聲：「是，主人。」馬上跨到我背上。

住在小屋的園丁早已聽到鈴聲，開好大門等著了。於是我們衝過獵苑，衝過村莊，衝下丘陵，不多久就衝到徵稅關卡口。約翰扯著嗓門拚命大喊、擂門，一會兒工夫，收稅員就跑出來飛快打開入口。

「喂，」約翰說，「別關上！等大夫來！錢給你！」然後又騎著我飛奔向前。

沿著河邊是好長一段碎石子路，約翰對我說：「來，神駒，加把勁。」我是加足了勁；整整兩哩來長的路拚了命地飛奔，完全不用靠馬鞭、馬刺來鞭策；我想，就算我那位在新市馬賽中贏過大獎的祖父，也絕不可能跑得更快了。

到了橋畔，約翰輕輕拉我一下，拍拍我的頸背，說：「幹得好，神駒！好夥伴。」他有意讓我稍微放慢腳步，但我精神正高亢，馬上又像方才一樣撒腿飛馳。

這一夜月明風寒，在涼風中奔馳的感覺很舒適，我們經過一座村莊、穿過一處幽暗的樹林，然後上坡、下山，經過八哩狂奔之後進入城鎮，穿過幾條街道來到市集一帶。

除了我的腳蹄踏在石子道的喀卡聲，整個市集寂靜無聲——人們都睡了。在我們抵達懷特大夫家門口時，教堂的時鐘噹！噹！噹！報了三響。約翰連按兩次門鈴，接著又像打雷似地呼！呼！搥起大門。

屋裏推開一扇窗戶，大夫戴著睡帽探頭問：「有事嗎？」

「先生，戈登太太病得很厲害，主人希望您立刻過去一趟，他認爲除非您趕到，否則一定無法保住她的性命！這是信箋。」

「稍等一下，」他說，「我馬上來。」

他扳下窗戶，不一會兒出現在門口。

「現在最糟的是，」他說，「我的馬已經在外面跑了一整天。剛剛有人來請我兒子出診，又駕走了另一匹，該怎麼辦才好呢？是不是能讓我用你的馬？」

「牠一路幾乎都是瘋狂奔馳的，先生。原本我打算讓牠歇一歇，不過，只要您覺得妥當，我想我家主人一定不會反對的，先生。」

「很好，」他說，「我馬上收拾出發。」

我好熱，約翰站在我身邊輕輕摸著我的頸子，看到大夫帶著他的馬鞭走出來，約翰說：

「先生，您用不著帶那東西的，黑神駒一定會一路賣力奔跑；可能的話，請照顧牠。先生，我不希望牠遭受絲毫傷害。」

「當然！當然！約翰，我也不希望。」說著，便催著我飛快趕路了。

回程的情形我不再多談，但我仍是盡力而爲。收過橋稅的徵收界直開著關卡，等我們直奔到山下時，大夫拉緊韁繩，說：「來，好夥計，喘口氣吧！」

幸而他這麼體恤，因爲當時我幾乎已筋疲力竭，喘喘氣對我幫助不小，不一會兒，我們就已衝進獵苑了。

喬伊在小屋的大門邊守著，主人也已經聽到我們的聲音，等在大廳口。他一句話都沒說就領著大夫往屋裏走，喬伊則將我牽回馬廄。

我好高興終於到家了，我的四肢在發抖，只能站在那兒猛喘氣，渾身上下沒有一根毛是乾的，汗水沿著我的腿往下流，全身都在發散著熱氣——喬伊常形容說，那樣子好比火爐上的一只開水壺。

可憐的小喬伊！他年紀又輕、個頭又小，所知又少得可憐，而本來可以幫上他忙的父親湊巧又被差到鄰村辦事，不過我保證，他懂得的事他都盡全力做了。他按摩我的胸部和四肢，卻不曉得要幫我蓋條布保暖，因爲他以爲我熱成那樣，一定不喜歡蓋上布的。接著，他又給了我滿滿一桶水喝，它是那麼清涼、那麼甘甜，我全給喝光了。然後他再餵我吃些乾草、玉米，自認爲處理得很好就離開了。

沒多久，我開始發抖、打顫，渾身冰冷，四肢酸疼。我的胸口疼、腰也疼，我覺得全身難過得要命。我好希望約翰在，可是他得要走上八哩路才能回到家裏，所以我只好躺在我的草堆上，試著讓自己入眠。

過了好久，我聽到門口傳來約翰的聲息。一晃眼前他已經跑進來，蹲在我身邊，我不知他究竟是怎麼知道的，總之，他對可能發生過的事似乎一目瞭然。他用兩三條溫熱的布蓋好我，然後跑到大屋去取些熱水，調些熱麥糊給我喝，之後我好像就朦朦朧朧睡著了。

約翰似乎憂心忡忡，我聽到他一遍又一遍不斷自言自語：「笨男孩！笨男孩！一條布都沒給披，給的水必定也是冷的，小男孩沒一個好。」可是喬伊明明是個好男孩哩！

這時我病得很嚴重，肺部已發炎，每抽一口氣都痛得厲害。約翰日夜看護我，夜裏兩次三番起來探望我的病況，主人也常過來看我。

「可憐的好神駒，」一天他說，「我的好馬兒，你救了你家夫人一命啊，神駒！是的，你救了她一命。」

我聽了好高興，因爲大夫好像說過，若我們再晚一點到，就來不及救活我們夫人了。約翰告訴主人說，他一輩子沒見過哪匹馬兒跑得那麼神速，彷彿馬匹也通靈性，也懂得出了什麼事似的。我當然懂，只是約翰不認爲如此罷了；至少我知道爲了夫人，我和約翰必須卯足全力，以最快的速度趕路。

第十九章　無知之過

我不知道自己病了多久。馬醫班德大夫天天來，有一天他爲我放血，約翰提個桶子在一旁盛著。放過血後，我覺得好虛弱，以爲自己就要死了，相信他們一定也是這麼想的。

爲了讓我安靜休養，辣子和逍遙騎都被遷到另一座馬廄裏，因爲高燒中的我，耳力變得特別敏銳，一點小小的聲音也覺得響，甚至誰在馬廄和大屋之間走動我都分辨得出來，每一個動靜也都聽得清清楚楚。

有天晚上，約翰得餵我服藥，湯瑪斯•格林過來幫他的忙。餵完之後，約翰盡其所能地將我安頓舒適，又說他要多待半個鐘頭，看看藥效發揮如何。湯瑪斯也說要和他一塊兒留下來，於是兩人便走到這幾天被搬進逍遙騎廄中的板凳那邊坐下，熄掉腳邊的燈籠，免得光線干擾了我的休息。

兩名男子靜靜坐了好一會兒，這時，湯瑪斯•格林壓低了聲音說：

「約翰，我希望你能對喬伊說幾句親切話，他傷心極了，飯也吃不下，臉上也沒了笑容。他說儘管他的確是照自己所懂的全力去做了，但他曉得一切全是他的錯。他還說，萬一神駒死了，以後大家一定都不肯再理睬他。聽他這麼說，我真的很心疼；我想也許你肯安慰他一句，他不是個壞孩子啊！」

「湯姆，你不能對我太苛求。我知道他沒惡意，我也沒說過一句他有；我曉得他不是壞孩子，可是，哎！我也是心疼、情急啊！這匹馬兒是我心頭的一個驕傲，更是主人和夫人鍾愛的馬匹，一想到牠很可能就這樣冤枉地送掉一條命，我哪還受得了！不過，如果你覺得我對那孩子太嚴厲的話，明天我會試著誇誇他——唔，我是指假使神駒情況有好轉的話。」沈默片刻後，約翰緩緩表示。

「喔，約翰，謝謝你！我也知道你並不想太嚴厲，幸好你能瞭解那只是無知之過。」

「只是無知！只是無知！你怎麼能夠說只是無知？難道你不明白，除了邪惡，世上最糟的就是無知？至於哪個更容易釀成禍事，真是只有天知道。要是人們說得出：『噢，我真的不知道，我沒有惡意。』這類的話，自然覺得那沒啥大不了。我想瑪莎•穆華許用鎮痛糖漿摻和藥物奪走小寶寶性命時，大概也不是故意的；但她的確害死了他，並且以過失殺人罪嫌受審。」約翰的口氣嚇人一跳。

「她罪有應得，」湯姆說，「身爲婦女既然不知道什麼對脆弱的小寶寶有益、什麼對他有害，就不應該貿然對他執行醫療工作。」

「比爾・史塔基打扮得鬼模鬼樣，」約翰接著又說，「在月光下追逐他弟弟時，也並不是故意要把他嚇出病來，但他的確嚇壞了。那麼一個俊秀、聰慧、足以令任何媽媽引以爲傲的孩子從此變成白癡，而且即使活到八十歲也永遠不會有進步。你自己何嘗不是受過不小傷害，湯姆——兩週之前，那些小姑娘們沒把你溫室的門關上，冰冷的東風直撲而進，當時你說這一吹，吹死了你不少植物。」

「何止不少！」湯姆說，「溫室裏所有嬌弱的插枝用小枝條都被吹折了，我又得全部重新插枝一遍，更糟的是。我不知道要去哪裏弄來強健的新枝椏來才好。當我走進花房，看見那副狼藉慘狀時，簡直都快氣瘋了。」

「然而，」約翰說，「我也相信小姑娘們一定不是故意的，只是無知之過嘛！」

底下他們說什麼我也沒聽到，因爲那藥果然有效，沒有多久我就睡著，等到天亮時，感覺已經好多了。但等我慢慢瞭解到更多世事後，約翰的話卻常在我腦中縈迴、盤旋。

第二十章　喬伊・格林

喬伊・格林進展得很順利，他學得很快，態度又專注謹慎，因此漸漸地，很多事情約翰就能放心交給他做了。但，誠如我前面說過，比起同年的孩子，他確實矮小了些，所以約翰難得允准他帶辣子或我去運動。

然而有天早上，約翰駕著「法官」拉行李車出去了，而主人又有一封信必須立刻送到約莫三哩路外的某位紳士府裏，只好派喬伊騎我去送信，同時殷殷叮囑千萬要小心。

信箋安全送達，我們正安詳地漫步回家，走到磚場附近，突然看到一輛壓著滿車沈甸甸磚塊的雙輪馬車。泥土地面因爲幾條深陷的車轍變得很不好走，這輛車的雙輪卡在那兒進退不得，而車伕卻不停大吼大叫，無情地鞭打那兩匹卯足全力、掙扎著要把車拖出去的馬兒，可惜牠們根本拖不動它。

牠們全身汗如雨下，腰間散著熱氣，每條肌肉都繃得緊緊的。而那車伕卻還用力扯起前頭那馬兒的頭，兇暴至極地邊咀咒、邊鞭撻。

「快住手，」喬伊喊著，「別那樣鞭打馬兒，輪子陷得那麼深，牠們根本拉不動車。」

那人理都不理，照揮鞭子不誤。

「住手！拜託快住手，」喬伊說，「我來幫你卸下一些磚，現在這麼重，牠們拉不動！」

「小冒失鬼，少管閒事，我的事我自己會處理。」那個暴怒的車伕因爲喝了酒更是變本加厲，馬上又揚起鞭子來。

喬伊掉轉我的頭，撒開大步衝向磚場主人的住家。我不知道約翰是否會贊同我們狂奔的步法，但喬伊和我同心同意，氣得無法放慢腳步。

廠主的家緊臨馬路邊。喬伊敲著門大叫：「克雷先生在家嗎？」

門開了，出來的正是克雷先生本人。

「哈囉，小伙子！你似乎很急，是鄉紳士今早有什麼吩咐嗎？」

「不是的，克雷先生，是您磚場裏有個傢伙正把兩匹馬兒打得快沒命了。我要他住手，但他不肯，我說要幫他卸下部分車上的磚他也不肯，所以我只好來告訴您了。先生，拜託，快去一趟吧！」喬伊激動得連聲音都在發抖。

「謝謝你，好孩子。」對方說著，衝進去取來帽子，默想一下，又問——「要是我把那傢伙帶到某位推事面前，你可願意舉證剛剛看到的事情？」

「我願意！」喬伊說，「並且樂意。」

於是克雷先生趕往磚場，我們則小跑步回家。

約翰看著小男孩翻身下馬，詢問：「咦，喬伊，你怎麼啦？看起來好像氣炸了。」

「沒錯，我的確氣炸了。」男孩說著，一古碌兒急急忙忙激動地說出經過。

喬伊平日是個很溫順、很安靜的小男生，看他激動成那樣不免讓人吃驚。

「好！喬伊！我的好孩子，不管那人是否會被推事傳喚，總之你做得對極了。遇到這種事，有許多人都會逕自揚長而去，說這不關他們的事。但在我來說，這種壓迫、虐待的行爲，人人都該路見不平拔刀相助。孩子，你做得對。」

這時，喬伊心裏全平靜下來了，聽到約翰誇讚更覺得驕傲，清洗我的腳，爲我按摩起來手勁也更加堅定了。

他們才剛要回家吃飯，侍役跑來說主人要喬伊馬上到他房裡去，因爲有個人被指控虐待馬匹，需要喬伊去做證。

喬伊滿面通紅，眼裏閃著光，他說：「我會的。」

「整理一下你的服裝儀容。」約翰叮嚀。

喬伊拉拉領子、扯扯夾克，立刻到府邸去了。

主人是本地的推事之一，人們常把案例提到這兒來求取協調、解決，或請教該如何處理。由於當時是下人們用餐的時間，因此一時之間馬廄裏並沒有聽到下文。不過等喬伊再進廄房時，我卻看見他眉飛色舞，又和善地拍拍我說：「我們不會坐視這種事的，對不對，兄弟？」

後來我們聽說，由於喬伊指證歷歷，兩匹馬兒萎頓虛弱，明擺著是受盡虐待的樣子，因此車伕不但被認定必須受審，甚至很可能要坐上兩三個月的牢。

喬伊好像刹那之間成了另一個人似了，整個神氣煥然一新。約翰笑得合不攏嘴，說他那個禮拜內整整長了一吋高；我相信。他還是像以前一樣親切溫和，卻又無時無刻不顯現出一股從前所沒有的決心和果斷，彷彿一下子從一個小男孩一躍而爲堂堂男子漢了。

第二十一章　離情依依

我在這個快樂的地方已經居住三年了，但一連串悲傷的變化就將發生在我們身上了。我們不時聽到夫人又病了，大夫三天兩頭到家裏來，主人臉上常是一臉凝重和焦慮。接著，我們又聽說她必須馬上離家，找個溫暖的鄉下地方好好休養兩三年。

這個消息就像喪鐘般沈沈地敲在每個人心上。大家都很難過，但主人已經開始迅速安排遣散幫傭，離開英國。我們常聽到人們在馬廄裏談論這件事，事實上，除了這件事，大家也無心談論其他了。

約翰黯然神傷地從事他的工作，喬伊幾乎不再吹口哨。府裏的人終日進進出出，辣子和我整天忙不完。

最先離開的是由家庭女教師陪伴出發的潔西小姐和弗蘿拉小姐。來向我們道別時，兩位小姐像要闊別老友般緊緊摟著可憐的逍遙騎，而牠也名副其實地是她們心愛的老朋友。

接著，我們又得知主人對我們的安排。辣子和我將被賣給主人的一名多年好友伍伯爵，

因為他認為我們在那兒會得到好照顧。教區牧師要為布蘭菲爾德太太找匹小馬，因此逍遙騎就送給他，條件是永遠不能轉手、出售，一日一年邁體衰時，要將牠射殺後好好安葬。

喬伊將受僱照料逍遙騎，並在牧師府中當幫手，所以我想，逍遙騎此後應該不會有什麼問題。約翰有好多人家競相爭取，提供好職位，不過他說，要等仔細考慮之後再做打算。

離開前夕，主人來到馬廄略作幾項指示，同時給予他的馬兒臨別的最後撫摸。從他的聲音中，我聽得出他的情緒似乎十分低落，我相信我們馬兒比起許多人更懂得分辨語氣。

「你決定以後做什麼了嗎，約翰？」他說，「我發現那些邀聘你一個也沒接受。」

「還沒有，先生。我已經決心盡可能選個可以和某位一流馴馬師，或訓練師共事的機會。要是能有個合適的人就近注意、觀察的話，許多幼小的牲口就不會因為無謂的錯誤處置而受到驚嚇或傷害了。我跟馬匹向來處得和睦，假使能幫助部分馬匹擁有一個好的開始，我會覺得自己彷彿做了什麼好事一樣。您認為呢，先生？」

「據我看來，」主人說，「除了你，再也沒人更能勝任這工作，你瞭解馬匹，而馬兒不知怎的也都瞭解你，要不了多久，你大概就可以有所進展了，我認為這是你最好的選擇。要是有任何我能幫得上忙的地方，寫個信給我，我會交代倫敦的代理人一聲，同時把你的服務證明書交付給你。」

主人把代理人的名字和地址交給約翰，然後感謝他多年以來的忠實服務，但約翰哪裏承受得住呢！

「求求您別這樣，先生，我當不起呀！您和親愛的夫人對我的大恩大德我永生無以爲報，但我們永遠不會忘記你們的，先生。願上帝庇佑，有朝一日能見到夫人康復歸來。先生，我們一定要抱持堅定的希望。」

主人伸手和約翰互握，口中卻說不出一句話來，接著兩人便相偕離開馬廄。

悲傷的別離時刻終於來了，侍役和沈重的行李已經在前一天先行離去，最後成行的只剩下主人、夫人和她的侍女。辣子和我拉著大馬車到府邸大門等待最後一次爲他們服務。

僕人們抱出軟墊、氈子和其他許多東西，一切布置妥當之後，主人抱著夫人走下臺階（**我就站在大屋旁，因此所有情形都看得清清楚楚**），他小心翼翼地將她安置在馬車裏，府裏所有的僕人都圍站在一旁哭泣。

「再次道別了！」他說，「我們永遠不會忘記在場任何一位的。」說著他登上馬車——

「上路，約翰。」

喬伊跳上車伕座，我們徐徐穿過獵苑，經過村莊，村裏的人們各個倚門而望，對他們投以臨別一眼，說聲：「願上帝保佑他們。」

到了火車站後，夫人好像是由馬車步行到候車室的。我聽到她用她那柔美的聲音說：「再會了，約翰，願上帝保佑你。」

我覺得身上的韁繩猛然一緊，但約翰並沒有應聲，也許他是未語先凝噎吧?!

就在喬伊把車上的行李一一卸下後，約翰要他守在馬匹旁，他自己則走到月臺上。可憐的喬伊！他緊緊靠在我們臉邊，掩飾他的淚水。很快的，火車噗！噗！噗！地進站了；接著才只兩三分鐘，一扇扇車門又砰然關上。守衛吹響哨子，火車便悠然滑離，留下的只是一團團白煙和幾顆異常沈重的心。

等到列車完全駛離視線，約翰回到我們身邊，「我們再也見不著她——再也見不著了。」說著執起韁繩，爬上車座，和喬伊駕著車緩緩走回家，只是現在它已不是我們的家了。

第二部

少了一隻鞋子的我，被迫全速奔馳在這條馬路上，背上的騎士還不停惡聲咒罵、狠狠抽打，連連催促我再快！再快！掉了鞋子的那隻腳自然苦不堪言，腳蹄已被扎破直裂到十分敏感的部位，而裏面的腳掌也被尖石嚴重割傷。我跌跌撞撞猛然往前一栽，雙膝落地。

第二十二章　伯爵府

第二天早餐過後，喬伊爲逍遙騎套上夫人的輕馬車，準備帶牠上牧師宅去。他先過來和我們道別，庭院裏的逍遙騎也在朝我們長嘶悲鳴。接著，約翰爲辣子套上鞍具，替我綁上牽繩，騎著我們橫越鄉區，經過約莫十五哩路來到伍伯爵居住的伯爵府邸園。

邸園中包含一座非常華麗的大屋，和許許多多廄舍及設施。我們進入庭院，穿過一段石子通道，約翰向人求見約克先生，經過好一會兒，對方終於出來了。是個儀表堂堂的中年男子，一聽聲音就知道，他希望人人服從他說的每一句話。

他對約翰很是友善、客氣，在稍稍打量我們一眼後，就叫一名馬伕過來帶我們到自己的廄舍，並且邀請約翰去用些點心。

我們被帶到一座敞亮通風的馬廄，安頓在兩間相連的廄舍中接受洗刷、餵食。約莫半個小時之後，約翰和即將成爲我們新車伕的約克先生相偕進來看我們。

「好啦，曼利先生，」在仔細檢視過我們之後，約克先生說，「我看出這兩匹馬兒並沒有什麼缺陷。不過我們也都知道，馬和人類一樣有著牠們自己特殊的習性，有時候也需要不同方式的對待，我想瞭解您是否有什麼關於牠們的特別之處要提醒。」

「嗯，」約翰說，「我相信在本地再也找不出一對比牠們更優秀的馬匹了，要和牠們分開實在令我傷心，不過，牠倆之間並不相像。黑的這匹脾氣比起我們所見過的任何一匹都要好，我想牠大概打在娘胎裏就從沒被罵過一句、重打過一下吧，而牠最大的快樂，似乎就是聽憑人們的意思行動。不過那匹栗色的恐怕就曾遭受過無情虐待呢。據馬販說，牠吃過不少苦頭。剛到我們那兒時，牠既善怒又多疑，不過等牠看清那裏是怎麼樣一個地方後，這些壞脾氣也都漸漸消失了。這三年來，我沒看過牠使過一點點性子，只要好好善待牠，世上一定找不到比牠更優秀、更肯吃苦耐勞的牲口了。不過牠在性情上是比那匹黑馬暴烈些，蒼蠅亂飛時牠比較容易生氣，馬具套得不舒服牠比較容易焦躁；而要是受到虐待或不公平待遇，牠也是很可能踢你一腳，咬你一口。你知道很多勇敢的馬兒都是這樣。」

「當然，」約克說，「我完全明白。不過您也瞭解，在像這樣成群的馬廄裏，要想讓所有馬伕全遵守該有的態度、規範做事並不容易；我盡力而爲，除此之外，我不敢做絕對的保證。我會牢記你對那匹栗色母馬的描述的。」

就在他倆往廄外走時，約翰突然停下腳步，說：「我最好提醒一下，我們從未對那兩匹馬使用過『制韁』；黑馬是從小就沒套過，至於母馬——馬販子說，牠就是被銜鐵折騰出壞脾氣的。」

「哦，」約克說，「一旦牠們來到這兒就勢必得套上制韁了。我自己是寧可只要一條鬆鬆的轠繩就好，老爺閣下對馬兒也一向很通情理；只是我家夫人——那又是另一回事了。她要趕時髦，若是替她拉車的馬沒被緊緊勒高了頸子，她就對牠們不屑一顧。我一向反對讓馬兒咬銜鐵，日後也將如此，但當我家夫人乘車時，卻非得勒緊馬匹不可。」

「這一點我很遺憾。」約翰說，「只是現在我不得不告辭，否則就要趕不上火車了。」

他回頭輕撫我們，對我們珍重話別，語氣十分傷感。我把臉緊緊偎在他身邊，那是我唯一能道別的方式；接著他就走了，從此後我再也沒有見過他。

次日，伍爵爺來探視我們，對我們的外型似乎很滿意。

「從我的好友戈登先生對牠們的描述看來，」他說，「我對這兩匹馬很有信心。當然牠們的毛色並不相稱，不過照我看，留在鄉下期間由牠倆拉大馬車也就很稱職了。在我們到倫敦去之前，我必須盡可能和男爵——那匹黑馬——培養默契；我相信牠是相當適合騎乘的。」

這時，約克把約翰對我們的描述轉告他。

「嗯，」他說，「你得特別留意那匹牝馬，同時制轡也要放得鬆些，剛開始時先稍微遷就一下，相信牠們必定會有優異表現的。這件事我會跟夫人提提。」

下午我們被套上馬具、馬車，在馬廄鐘敲三點時被帶到主屋前。這座府邸相當富麗堂皇，有柏特威克那座舊宅的三、四倍大，但假使馬兒也可以發表看法的話，坦白說，這兒還不及舊家一半可愛呢。兩名身穿土褐色制服上衣、猩紅色馬褲、白色長襪子的侍役已經恭立在門口等待，不一會兒就在絲綢窸窣聲中見到我們家夫人從石臺階走下來，繞過來仔細打量我們。

她是個身材高佻、神情傲慢的婦人，看來對我們似乎不甚滿意，不過嘴裏什麼也沒說就登上馬車了。

這是我生平第一次戴上制轡，坦白說，雖然這討厭的東西的確能阻止我偶而垂下頭去，卻也沒能把我的頭勒得比平日自由由活動時更高。我很擔心辣子怒氣狂飆，然而看她的樣子似乎還頗為怡然自得。

隔天三點，我們又被帶到門口，侍役也仍如昨天般裝束恭候；絲緞窸窣之聲再度響起，夫人走下臺階，專橫地吩咐：「約克，你得把這兩匹馬的頭勒高些，這個樣子見不了人的。」

「夫人，請原諒，因爲牠們三年來都沒被套過制轡，加上主人也說慢慢來比較安全，所以一開始才套鬆點。不過，假使夫人您希望讓牠們頭抬高些，我會照辦的。」約克跳下馭座，必恭必敬地說。

「那就照辦。」

約翰走過來親手縮緊我們的轡繩，我想，大概只縮一個釦洞吧；不過，即使只是一點點長度，在感覺上還是大有差別的，何況當天我們還有一道陡坡要爬呢。

就在這時，我開始體會到從前聽來的種種經驗之談。上坡時，我自然很想像以往一樣低著頭一股作氣地拖著馬車往上走，可惜，不成！現在我必須昂著頭拉車，弄得我士氣全消，而轡繩的拉力也侷限了我身軀和四肢的活動力。

回到馬廄之後，辣子說：「現在你曉得制轡的滋味了吧？不過情勢如果不再惡化下去，這並不算太糟，因爲我們在這兒受到非常良好的待遇；但若是這些人把我縛得太緊，他們可得小心了！我無法忍受，也不願忍受。」

日復一日，我們的制韁愈縮愈短，我不再像從前一樣期盼被套上鞍轡，反而心生恐懼。辣子雖然不太吭聲，卻顯得有些心神不寧。最後我認爲糟的已經結束了，因爲一連幾天制韁都沒有再縮短，因此雖然現在歡樂已被接連的苦惱所取代，我仍決心要適應，盡忠職守，只是——最糟的還沒到呢！

第二十三章　為自由一搏

有一天夫人下來得比平時晚，絲緞窸窣之聲也來得比平時響。

「到柏克——公爵夫人府上去。」她說著，頓了一下——「約克，難不成你永遠不打算把馬頭勒高啦？馬上動手，別管什麼遷就一下之類的鬼話啦。」

約克讓馬伕站在辣子臉旁，自己先過來把我的頭往後扳，把制韁釦得死緊，幾乎讓人無法忍受！接著，他又走到辣子面前，這時，牠正焦躁地抵著勒口，猛力扭著頸子昂首、俯衝。

牠很清楚底下會發生什麼事情，所以約克一拿下鞍環，準備縮短環釦，牠馬上把握良機突然往後一仰，重重撞擊約克的鼻子，撞落他的帽子，一旁的馬伕也差點被撞倒在地。

他倆立刻衝過去抓牠的頭，但牠也不是等閒之輩，開始沒命地又衝、又跌、又踢的，最後在重重擊中我大腿側後，一腳踢中馬車轅桿摔倒在地。

約克迅速伏在牠頭部以防牠掙扎，同時大叫：「鬆開那匹黑馬，快去找個絞盤來扭開轅桿。喂，來個人，就算不能解開挽繩，至少也要把它割斷。」

旁邊的侍役一個衝過去找絞盤，一個到屋裏拿了把刀子來，馬伕立即將我解開，牽離辣子和馬車，帶回我的房舍，然後立刻衝回去幫約克的忙。

我的心情因為方才那一幕而澎湃不已，若不是從小不習慣懸蹄、踢人的話，當時我一定會跟著辣子反抗的，但我連動都沒有動一下腳，所以現在才會股側劇痛，頭部仍舊被鞍環吊得往後仰，卻又無力擺脫，悶著一肚子氣站在馬廄裏。我覺得好丟臉，恨不得衝著第一個走近身邊的人狠狠踢上一腳。

然而沒有多久，辣子就帶著渾身挫傷和瘀血，由兩名馬伕牽進廄舍裏來了。約克陪在牠身邊，同時下達各種指示，然後過來仔細檢查我的傷勢，不一會兒就卸下我頸上的鞍環。

「該死的鬼制轡！」他自言自語地數落著，「我就知道準會惹麻煩——主人一定會氣炸的；不過，哈——要是一個做丈夫的約束不了自己的老婆，當下人的自然更甭想插得上嘴啦，所以這全不干我的事。就算她無法參加公爵夫人的園遊會，我也無能為力。」

這些話約克是不會在人前說的，只要身邊有人，他的口氣總是謙恭有禮。此時，他仔細摸索我全身上下，不久便找出剛剛被踢中的位置是在踝關節上方，傷口又腫又痛。他吩咐助手用熱水敷傷，然後上點洗劑清潔傷口。

伍爵爺在得知下午的事故後很是不悅，他責怪約克不該對夫人讓步；關於這一點，約克回稟說，以後他一定儘量只聽從老爺下的吩咐，不過我覺得，這不過是虛應故事罷了，因爲情況和往常依然沒有兩樣。原本我以爲從此約克會更加維護他這些馬兒的利益，不過看來我恐怕判斷錯了。

辣子從此沒再被套上馬車過，不過等牠身上瘀傷完全痊癒之後，伍爵爺家的一個小孩表示很想得到牠；他深信牠必定能夠成爲一匹好獵馬。至於我——我仍舊不得不乖乖拉馬車，並且多了一個名叫麥克斯的新伙伴；牠向來就習慣勒得緊緊的韁繩，我請教牠是如何能忍受那種滋味的。

「哼，」牠說，「那是因爲我非忍受不可。不過它會逐漸縮短我的生命，如果你也得三天兩頭套著那玩意兒，你也會縮短生命的。」

「你想，」我說，「我們那些主人們知道制韁對我們有多大的害處嗎？」

「我不曉得。」牠回答，「不過馬販和馬醫師倒是非常清楚。我曾經和另一匹馬兒在一名馬販手下接受訓練，以便搭配成對。正如他說的，他每天把我們的頭勒高一點。有位紳士問他爲何那麼做，他說：『因爲我們若是不這樣，人們就不肯買牠們。倫敦人總是希望自己的馬兒昂首闊步；當然，這對馬匹很不好，可是對買賣卻是大有助益。這種馬兒很快就會耗盡元氣或者害病，然後他們就會再來買對新的。』這話，」麥克斯表示，「是我親耳聽到他說的，信不信由你。」

爲夫人拉了漫漫四個月之久的馬車，我所受的苦真是筆墨無法形容；不過百分之百可以確定的是——若是這種日子再多持續一段時間，不管是我的健康或性情都要被破壞無遺了。

在那之前，我從來不曉得口吐飛沫是什麼情形，而如今，尖銳的馬勒往舌頭和下顎上一套，加上頭部和喉嚨遭受強力壓迫，總讓我嘴角不由自主地冒出些許白沫。有些人會覺得那樣看起來很舒服，還讚道：「多棒、多有精神的牲口喲！」其實馬兒口吐白沫和人們口吐白沫一樣不正常，這毫無疑問象徵著牠一定有什麼不對勁，需要受到照顧和看護。

除此之外，我的氣管也受到一股壓力，時常壓得我的呼吸非常不舒服，每當我工作完畢回到馬廄，我的頸子和胸腔總覺得疼痛、緊繃，嘴角、舌頭格外脆弱，感覺又疲憊、又沮喪。

在老家，我隨時曉得約翰和主人是我的朋友；然而在這裏，雖然許多方面我受到很好的待遇，但我——沒有朋友。

約克大概已經瞭解、而且很可能真的曉得那制韁讓我吃了多少苦；不過我猜想，他大概把這視爲一樁理所當然、無能爲力的事吧?!總之，他們並沒有爲了讓我減去這層痛苦而採取任何努力。

第二十四章　安妮小姐

初春時節，伍爵爺和他的部分家人到倫敦去了，約克隨他們同行。我和辣子以及其他幾匹馬兒留在家中以供驅遣，馬伕領班也留下來照料我們。

留在府中的赫莉特小姐是位大病人，從來不曾乘坐馬車外出過，而安妮小姐寧可和她的哥哥或表兄弟們騎馬奔馳。她選擇我當她的坐騎，並為我取了個名字叫「黑神風」。

我非常喜歡這些在清新的涼風中奔跑的機會，有時是和辣子，有時和莉西一塊兒。莉西是匹漂亮的紅棕色母馬，幾乎是百分之百的純種，由於動作高貴優雅、精神飛揚跋扈，深受各位紳士的喜愛；不過對牠認識較深的辣子卻告訴我，說她是匹相當神經質的馬兒。

府裏有位名叫布蘭泰爾的先生暫居此處，平日總是騎坐莉西並對她讚譽有加，因此有一天，安妮小姐吩咐馬伕為她套上女鞍，為我套上普通鞍具。當我們走到門口時，那位先生顯然非常不安。

「怎麼回事？」他說，「難到妳騎膩了妳的黑神風嗎？」

「噢！不，一點也不。」她回答，「我只是太友善了，特別把牠讓給你一次，至於我，則要試試你那迷人的莉西。你不得不承認，無論由身量或外型看來，她都比我自己心愛的馬兒更適合做爲小姐的坐騎。」

「請容我一勸，千萬別騎那匹馬。」對方說，「牠固然非常迷人，但對於小姐們而言卻太過神經質了。坦白說，牠並不是真的很安全，拜託妳把馬鞍調換過來吧。」

「親愛的表哥，」安妮小姐笑著說，「求求你別爲我窮擔心。我從還是個小娃娃時就是名女騎士，而且騎著馬追逐獵犬奔馳過無數次；我知道你不贊成小姐們奔馳狩獵，但那依舊是個不容置疑的事實。我很想試試這匹你們所有男士都特別喜愛的莉西；所以，請你保持平時的友好風度，協助我上馬背吧。」

對方不再說什麼，只是小心地把她抱到馬鞍上，檢視馬銜和勒口，然後溫和地把韁繩交到她手中，再騎到我背上。

就在我們將要出發前，一名侍役拿著一張紙片、帶著赫莉特小姐的口信走出屋來！「請幫她向艾胥里醫生請教這個問題，並帶回答覆，好嗎？」

村莊約在一哩路程外，醫生家就在村子的最尾端。我們一路輕快地漫步奔跑到他家籬笆外，一條短短的車道由兩旁高大的冬青樹間直抵家門。

布蘭泰爾在籬笆外跳下馬背，準備為安妮小姐開門。但她卻說：「我在這兒等你，你可以把黑神風的繩子繫在籬笆上。」

「我一會兒就回來。」他遲疑地望著她說。

「噢，不用太趕，莉西和我不會私自逃跑的。」

他把我的韁繩繫在籬笆上，隨即走上車道，一下子就隱沒於兩行冬青間。莉西背朝著我，安安靜靜地站在幾步之外的馬路邊。安妮小姐隨意握著韁繩，逍遙自在地坐在馬背上哼著小曲兒。我側耳傾聽布蘭泰爾先生的腳步聲直響到住屋前，然後聽到他的叩門聲。

馬路對面有座草場，它的圍欄並沒有關上。就在這時，有個男孩拿著條大鞭子在後頭喀噠！喀噠地猛揮，前面的拖車馬匹和小馬便潰不成軍地衝出欄外。

那些小馬都還野性未馴又貪玩，其中一匹甚至衝過馬路，朝著莉西後腿直撞過去。不知是受了那匹愚笨的小馬，或是喀噠、喀噠作響的鞭子刺激，又或是兩樣都有，總之，莉西猛然舉腳一踢，隨即瘋狂朝前衝去。

牠的動作是那麼猝不及防，安妮小姐差點就被摔下馬鞍來，幸好她很快及時抓牢韁繩了。

我厲聲長嘯，希望找來援手，一遍又一遍嘶鳴，焦急地刨著地面，拚命搖頭，想要掙鬆轡繩。沒有多久，布蘭泰爾衝出籬笆門，倉惶地四下張望，瞥見不遠處在馬路上如飛而去的身影。他立即跳上馬鞍，不用鞭子，不用馬刺；他看得出我和他一樣心急如焚，因此抓著馬轡，俯著身子，放任我撒腿疾衝，趕上他們。

在筆直奔馳將近一哩半路程向右轉彎之後，眼前岔開兩條路。早在我們轉彎之前，莉西已經跑得無影無蹤。她究竟拐入哪條路了呢？

附近有個婦人一手遮著刺眼的陽光站在自家院門外，急切地朝著馬路邊張望。

布蘭泰爾還來不及完全收住轡繩就急著大叫：「哪邊？」

「右邊。」那婦人也比手劃腳地嚷著。

於是我們又連人帶馬朝右直衝，隨即望見她們的身影。

可是才一會兒，路一拐，我們又瞧不見她們。就這樣，我們幾度驀然一瞥，馬上又失去她們的蹤跡，看來似乎永遠也別想追上她們了。

這時，一名老修路工人高舉雙手站在路邊一堆石子堆上，挖路用的鏟子早已丟在一旁。

看到我們奔近，他做出一個有話要說的手勢。布蘭泰爾微微一勒韁繩，那人大叫：

「往公地，先生，牠剛往那裏衝過去了。」

公地！那兒我太熟啦，大部分地面坎坷不平，上面到處分布著石南和暗綠色的金雀花欉，猛不防還會撞上幾株帶刺的老樹；此外，那兒還有幾片綠草青青的開放空間，碧草下四處暗藏著蟻丘和地鼠洞。這世上我再沒見過比公地更不適合橫衝直撞的地方了。

我們才剛轉入公地，就又看見小姐的綠色騎馬裝在前方如飛而去。她的帽子早已掉了，棕色的長髮在背後飄揚，整個頭和身體都直往後仰，彷彿她正用所有殘餘的力氣死命拖住韁繩，又彷彿那僅餘的力氣也快耗盡了。看得出來，坎坷的地面使得莉西的速度放慢了許多，我們大概能有機會追上她。

踏在平坦大道時，布蘭泰爾一直放任我恣意狂奔；而現在，他則憑藉靈巧的手腕、老練的眼光，以十分幹練的方式引導我穿越這塊地方，因此我的步速幾乎不曾因爲地形阻礙而減緩，和莉西他們的距離也愈來愈近了。

約當橫跨石南樹欉中途有道新鑿的大溝渠，挖出來的土隨意堆積在溝渠的另一側。這絕對能夠阻擋她們的前進才是！然而——不；莉西才略墊一步便縱身騰躍，絆著棄置的土堆摔倒在地。

布蘭泰爾抓穩韁繩，悶哼了一聲：「快，神風，要盡全力！」我力圖鎮定，奮身一躍，跨越壕溝和溝堤。

可憐的小姐面朝地下，動也不動地趴在石南欉間。布蘭泰爾跪在一旁呼喚她的名字——沒有反應。他輕輕把她的臉轉向上方，她的臉色一片死白，雙目緊閉。

「安妮，親愛的小安妮，說說話啊！」聲聲呼喚，得不到一句回答。他解開她騎馬裝的釦子，鬆開衣領，摸摸她的雙手和手腕，倏地起身來，狂亂地四顧張望找尋援手。

不遠處，有兩名正在割草的人看見莉西狂奔亂竄，背上又不見騎士蹤影，連忙丟下手中的工作去抓她。聽到布蘭泰爾大聲呼叫，他們立即跑到跟前。率先跑到的那位看到眼前景象似乎很擔心，忙問他能幫上什麼忙。

「你會騎馬嗎？」

「唔，先生，我恐怕騎不好，不過爲了安妮小姐，就算摔斷脖子我也甘心，去年冬天她幫了我妻子好大的忙。」

「那麼，朋友，請快上馬背，你的脖子不會有事的，拜託你到大夫家請他快快趕來——

然後再到府邸——把你所知道的一切告訴他們，要他們派出馬車連同安妮小姐的女傭過來幫忙。我會留在這兒等候。」

「好的，先生，我一定全力做到，但願上帝保佑親愛的小姐快快張開雙眼。」看見另一名男子，他又大叫：「喂，喬伊，快去弄點水來，還有告訴我太太趕來照顧。」

然後他手忙腳亂地爬上馬鞍，吆喝一聲：「喲——呵！」雙腿一夾，展開他的旅程，繞個彎，避開壕溝向前行。

沒有馬鞭在手似乎讓他很擔心，不過，我的步伐很快地克服了這個難題。他發現自己只要坐穩馬鞍、抓穩韁繩就是眼前最需要的本事；關於這一點，他做得很不賴。我盡可能不讓他受到顛簸，不過有一、兩次在行經崎嶇路段時，他還是忍不住大叫：「跑穩！哇——嗚！跑穩！」

上了大道之後，我們一路暢行無阻，來到醫生家和府邸時，他則一絲不苟地完成了他的任務。他們要他喝點東西喘口氣。

「不！不用了，」他說，「我得抄小路趕在馬車抵達前回到他們身邊。」

消息傳開之後，引起府中一片忙亂和騷動。我才回到馬廄，由馬伕卸下馬鞍和韁轡，隨便丟塊布蓋在我身上，辣子又已套好鞍具，十萬火急地前往接送喬治少爺，同時沒多久工夫，便聽到院子裏的馬車鼓轆轆向外駛去。

等待辣子回來和我們獨處的時間，似乎特別漫長；四下無人之後，辣子把牠所看見的情形仔細說明給我聽。

「我知道的有限。」她說，「我們幾乎是一路飛奔前往，和醫生同時趕到那地方。那兒有名婦人把小姐的頭抱在懷中，坐在草地上。醫生不知把什麼東西灌入小姐嘴裏，我只聽到他說了句：『她沒死。』隨後我就被一名男子牽到旁邊去。過了一會兒，她被抱進馬車裏，我們便一同回家來。我聽到少爺對一名攔住他詢問傷勢的人說，他希望小姐沒摔斷任何骨頭，不過這一點大夫還沒有說明。」

每當喬治少爺騎著辣子打獵時，約克總會大搖其頭；他說，要訓練一匹馬兒上場狩獵，該由沈穩的老手來才行，像喬治少爺這種漫無章法、不懂計畫的騎士根本不適宜。

辣子一直很喜歡隨少爺出去打獵，可是好幾次她回來時，我都可以看出她被操練得太厲害，甚至偶而還會急促地咳嗽一、兩聲。性高氣傲的她雖然不願開口抱怨，但我卻忍不住暗暗替她憂心。

意外發生兩天後，布蘭泰爾先生來看我。他輕輕撫摸我的鬃毛，對我讚不絕口，又告訴喬治少爺說，他深信這匹馬兒和他一樣瞭解安妮的危險處境。

「當時就算我控制牠放慢腳步，想必牠也不肯。從今後，她應該只騎這匹馬才好。」

從他們的談話中我發現，我的小女主人已經脫離險境，而且不久之後就能再騎馬了。這對我而言是個好消息，我開始期盼快樂生活的來臨。

第二十五章　魯賓・史密斯

在這裏，我必須提一提魯賓・史密斯——約克前往倫敦期間留下來管理馬廄的人。

他對這一行的瞭解比誰都透徹，正常時候，他是全世界最盡忠職守、最有價值的幫傭。他對馬匹的管理又溫和、又靈活，加上曾經和一名獸醫共同生活過兩年，因此爲馬兒治病療傷的工夫也幾乎足以媲美專業的馬醫生。

他是一流的馭者，不管是單人駕馭的四馬馬車或雙馬縱列的馬車，他都可以像並轡而馳的雙馬車一樣趕得駕輕就熟。

他英俊瀟灑、學問淵博，言行舉止和悅可親。我相信人人都會喜歡他，至少馬兒們的確都很喜歡他；唯一教人不解的是，他爲何地位較低，不能像約克一樣當上車伕的領班。

不過，他也有個大缺點，那就是：愛喝酒。不是像某些人那樣天天酗酒，通常他總是一連好幾週、甚至好幾個月踏實工作，不出半點差錯，然後突然哪天又酒癮發作，大喝特喝，惹得自己丟臉，妻子懼怕，周遭的人都討厭。偏偏他又是那麼能幹，所以約克忍不住三番兩次替他隱瞞，不讓伯爵知道。

可是終於有一天，魯賓在駕車送一群參加舞會的賓客回家時，因爲喝得爛醉如泥，根本握不穩馬轡，只好由客人之中的一名男士爬上馭者座位，趕著車子送女士們回家。

這一次事情當然瞞不住了，魯賓馬上遭到遣散，可憐的妻子和小孩也不能再住在獵苑大門的漂亮小屋裏，必須辛辛苦苦地尋找容身之處。

這些都是好久以前的事了，是老麥克斯告訴我的。不過，就在辣子和我來之前不久，史密斯又重新獲得這份工作。因爲約克替他在軟心腸的伯爵面前代爲求情，而他也立誓，只要在這裏幹活的一天，就絕對做到滴酒不沾。

由於他一直百分之百信守承諾，因此約克認爲他不在的這段期間內，應該可以放心地把自己的工作託給他。而他又一向勤勉機靈，所以大家也都覺得這樣安排最妥當了。

此時正當四月初，主人一行預計在五月間才會回來。府裏的四輪小馬車需要送到車行整理，而布蘭泰爾上校也正巧必須回兵團，所以安排由史密斯駕那部馬車送他進城，然後再騎馬回來。因此史密斯身上帶著馬鞍，挑選我負責這趟行程。

到了車站，上校拿些錢放在史密斯手中，同時向他道別，並交代：「魯賓，好好照顧你們家小姐，還有，別讓那些妄想騎黑神風的小子糟蹋牠——要替小姐照料牠。」

史密斯把車留在造車匠那邊，然後騎著我到白獅旅店去，吩咐店裏的馬伕餵我好食料，幫我打點妥當，套好馬具等他四點來帶走。

來的路上，我前腳靴子的一顆釘子鬆脫了，可是馬伕直到四點左右才注意到。史密斯一直到五點才到院落來，還說他遇到幾位老朋友，要等六點以後才離開。馬伕告訴他釘子的事情，同時詢問是否要處理一下那隻鞋。

「不用了，」史密斯說，「反正回到家裏之前不會有事的。」

他的聲音又響，態度又草率，也不查看一下鬆脫的鞋釘，一點都不像平時的他。

六點到了，他沒回來。

七點、八點仍舊沒消息。

直到快九點了，才聽到他喳喳呼呼、大呼小叫地嚷著我的名字。他看起來似乎情緒很壞，還找馬伕的碴，只是我不曉得原因何在。

店東站在門口提醒：「小心些，史密斯先生！」而他卻氣呼呼地咀咒以應，並且還沒完全出城就開始策馬狂奔。明明我已經全速奔馳了，照樣動也不動狠狠抽了我一鞭子。

當時月亮還沒升空，天色非常陰暗。剛剛修好的路面上到處都是碎石子，風馳電擎踏在這種路面的結果，使我的鞋子更加鬆動，跑到關卡之前就已經掉到地上了。

若是史密斯像平時一樣清醒，必定早已意識到我跑步的姿勢很不對勁，可惜當時他爛醉如泥，根本一點感覺都沒有。

過了關卡是一長段剛剛鋪過石子的馬路——又大又尖的石子——任何馬匹想要快速通過這段路都得冒上幾分險。少了一隻鞋子的我，被迫全速奔馳在這條馬路上，背上的騎士還不停惡聲咒罵、狠狠抽打，連連催促我再快！再快！掉了鞋子的那隻腳自然苦不堪言，腳蹄已被扎破直裂到十分敏感的部位，而裏面的腳掌也被尖石嚴重割傷。那種痛，痛得讓人根本站不住腳，哪裏還有可能往前跑！

我跌跌撞撞猛然往前一栽，雙膝落地。

這一跌，把史密斯也甩飛出去，加上我是在全速飛奔中跌倒的，他勢必摔得不輕。我很快站起來，一拐一拐走到沒有尖石的路旁。

月亮剛剛升上矮樹梢，藉著月光，我可以看到史密斯躺在幾碼外。他並沒有站起來——他曾經掙扎了一下想站起來，然後便發出一聲沈重的呻吟。我差點也快發出呻吟，因爲我的腳和膝蓋都劇痛難當，但馬兒們總是習慣默默忍受自己的痛楚。

這時，史密斯又發出一聲沈重的呻吟，然而儘管已是明月高掛、月光皎潔，我還是看不出他有任何動靜。我既無力幫助他，也沒法幫助自己脫困。

可是，噢！我是多麼專注地在聆聽附近是否有馬匹聲，或者車輪聲，甚或腳步聲。我站在那兒仔細聽著。

那是個安詳靜謐的四月夜晚，除了傍著明月的幾朵白雲，還有一隻飛掠樹欉的棕色貓頭鷹，周遭一切都如同畫面一般靜止不動。這情景讓我想起好久好久以前的夏日夜晚，那時候我總是依偎在母親身旁，躺在農夫葛雷那片青翠舒適的草坪上。

第二十六章　醉酒下場

當我聽到遠處響起一匹馬兒的腳步聲時，時間想必已近午夜了。那渺遠的蹄聲時斷時續，終於越來越近，越來越清晰。

通往伯爵府的馬路貫穿屬於伯爵的一整片栽植林，馬蹄聲就是從那個方向傳來的，我真盼望是有人出來找尋我們了。隨著聲音越來越近，我幾乎可以確定自己能夠辨識出那是辣子的腳步聲；再近一些，我可以聽出牠身後拖著輛雙輪小馬車。

我大聲嘶鳴，隨即聽到辣子的回應，還有幾名男子的呼聲，心中不禁大喜過望。他們從石子路上慢慢跑過來，在躺在地上的史密斯身影前停下了腳步。

「是魯賓！沒有動靜。」一名男子衝到前面蹲下來查看。

「他死了！摸摸看，他的手有多冰。」另一名男子跟著走上前來，俯身細看。

他們把他扶起來，可是他已經毫無生命跡象，頭髮上沾滿了鮮血。於是他們再度將他平放下來，走到身邊檢查我的情況，很快地就看出我膝蓋的傷。

「啊，這匹馬摔倒了，把他給拋下馬背！誰想得到這黑馬也會摔跤？大家都以爲牠不可能跌倒的。魯賓一定躺在這裏好幾個鐘頭了！還有，這匹馬竟然一直站在這兒沒動也真奇怪。」這時羅伯特試圖牽著我往前走。我踏了一步，但差點又雙膝跪地。

「喂！牠不但膝蓋受傷，腿也傷得不輕；瞧！牠的蹄子被割得慘不忍睹。可憐的傢伙！難怪會摔倒！說真的，奈德，恐怕是魯賓出了什麼問題啊！想想看，他竟然騎著匹少了蹄鐵的馬在這種尖石子路上走！哎，要是他神智清醒，一定早就盡快把牠帶到平坦的路面啦，看來只怕是舊事重演了。可憐的蘇珊！剛剛她到我那兒，問他是不是已經到家時，臉色白得好嚇人。她謊稱自己一點也不焦急，還說了好一堆可能延誤他回家時間的理由。但儘管如此，她還是要求我出來找找他——可現在我們該怎麼辦才好呢？這匹馬還有屍體都得運回家——而不管是帶黑馬回去、或者運回屍體，都不是件容易的事啊！」

於是他倆開始商量一番，最後決定由馬伕羅伯特牽我回家，奈德負責運送屍體。

想把屍體體搬進車內是件吃力的事，因爲這一來，就沒有人可以牽住辣子了；還好牠和我同樣瞭解事況，一直紋風不動地安靜站在原地。我特別注意到這一點，因爲，如果說辣子有什麼缺點的話，那就是牠缺乏靜立不動的耐性。

奈德載著悲哀的史密斯一步一步慢吞吞地出發了，羅伯特再度走過來檢查我的腳傷，然後拿出他的手帕緊緊包裹住我的腳掌，牽我走回家。

我永遠忘不了那一夜的步行，這段路不止三哩長，羅伯特牽著我緩慢地前進，而我也強忍劇痛，盡可能一跛一跛蹣跚前行。我知道他一定很替我難過，因爲他不時輕輕拍撫我、鼓勵我，和言悅色地對我說話。

好不容易，我總算走到自己的房舍，吃了些玉米穀。羅伯特先用濕布包紮我的雙膝，再用麥糠糊裹住我的腳去熱解痛，同時清洗傷口，等待明早馬醫來處理。然後我就吃力地躺到麥桿堆上，在疼痛中睡去。

隔天馬醫檢查過傷勢之後，說他希望我沒傷到關節，萬一真的受了傷，就千萬不能工作以免傷勢惡化，不過疤痕是絕對消不掉了。

我相信他們確實盡全力在爲我療傷，只是這個傷仍舊拖得很久而且非常痛；膝上的傷口癒合後長出浮肉，醫生用腐蝕劑將肉點掉，好不容易終於痊癒了，他們又在我兩條前腿膝蓋上擦抹起水泡的藥液，以便脫去所有的膝蓋毛，他們這麼做自然有其理由，我想應該沒有什麼不妥才對。

由於史密斯死得太突然，現場又沒有人目睹，因此必須針對前後經過展開調查。白獅旅店的店東、馬伕以及其他幾個人都證實他從旅店出發時，已經喝得醉醺醺，關卡的管理員也說，他是以箭一般的速度趕著我衝過關柵，此外，我的蹄鐵又是在碎石之間撿回來的，因此，這件禍事的肇因已經真相大白，沒有人會怪罪我。

大家都很同情蘇珊，她幾乎都快神智不清，整天重複唸著：「噢！他是那麼好——那麼好！都怪該死的酒，他們爲什麼要賣那該死的酒？噢，魯賓，魯賓！」就這樣渾渾噩噩直捱到她的丈夫下葬了。由於沒有家人、親戚可投靠，只好被迫帶著六個孩子，再一次遷離高大橡樹旁的舒適居處，住進愁雲慘霧的大貧民收容所。

第二十七章　衰弱；走下坡

在我膝蓋完全復原之後，馬上被轉到一片小草地暫度一、兩個月；那裏除了我，沒有別的牲口。雖然自由的滋味和芬芳的草令人心曠神怡，但長久以來，我已習慣和周遭同伴打交道，所以心中感到非常孤單，尤其辣子和我已經成爲一對密友，此刻更是倍加懷念她的陪伴。

每當聽到路上響起馬蹄聲時，我總愛引吭長嘶，卻難得獲得一次回應，直到有一次圍欄的門開了，進來的竟是親愛的老夥伴辣子。馬伕解開她的韁繩就走了，把她留在草地裏。我興奮地嘶鳴著朝她奔跑，我們都很高興能夠相聚，但很快地我就發覺，促使她被帶來和我一塊兒生活的原因並不值得開心。她的故事不是三言兩語可以說完，總之結局是，她的健康已因劇烈的騎乘而受損，如今是退下來等著看休息一段時日後，是否還能派上用場。

年輕氣盛的喬治少爺向來不聽任何警告，他是個嚴酷的騎士，一逮著機會什麼都想獵取，根本不知道顧惜自己的馬匹。就在我離開馬廄沒多久，附近舉辦了一場越野馬賽，少爺

決定要參加。儘管馬伕告訴他，辣子已因過度運動而帶了點傷，不宜參加越野賽，他仍舊不相信，競賽那天還拚命催促辣子隨時跟上領先群。

性氣高傲的她硬是把自己逼到極限，和其他三匹馬一同率先衝回終點線。只是她的呼吸力因此受到損傷，加上馱著過重的少爺賣力奔馳，也使她的背部因而扭傷。

「所以嘍，」她說，「這就是我們的下場——在壯盛之年衰弱——你是受一個醉漢拖累，我是被一個笨瓜所害，情何以堪？」

我們倆心中都感覺到自己已經不復從前了，不過這些並無損我們彼此相伴的歡樂，我們固然不像往日那樣得意奔跑，卻總是一塊兒進食、躺在一起休息，頭挨著頭在某棵陰涼的菩提樹下一站好幾個小時，就這樣，我們倆度過了伯爵一行從城裏回來前那段時光。

有一天，我們看見伯爵帶著約克走進草場裏。看清是他們兩人後，我們靜靜站在我們的菩提樹下，等著他倆走上前來。他們仔細檢查過我們的狀況，伯爵似乎顯得怏怏不樂。

「雖然說三百磅買馬錢等於是擲地無聲，」他說，「但我最在乎的卻是我那老朋友原以爲這兩匹馬能在我這兒覓到好家園，結果卻被糟蹋了。那匹馬不妨留在這兒調養一年，屆時再看看是否有什麼進展。這匹黑馬卻非賣掉不可。可惜，固然很可惜，但我的馬廄裏不能留著這種膝蓋有殘痕的馬。」

「是的，老爺，當然不能。」約克說，「不過，也許可以幫牠找個外表無關緊要，同時又能受到善待的地方。我認識一個在巴茲（位於英國西南部）擁有幾家車馬出租行的店主，他常常想找匹體型較矮的馬。我知道他很用心照料自己的馬匹，有調查報告證實這匹馬沒有問題，加上老爺您或者我的推薦函，已經足夠作爲對牠的擔保了。」

「你最好寫個信給他，約克，能售得多少價錢倒在其次，重要的是幫牠找個好居處。」

說完這話他們就走了。

「不久之後，他們就會把你帶走，」辣子說，「而我也將失去我唯一的朋友，很可能這輩子都無法再相見了。多麼冷酷的世界啊！」

大約一週之後，羅伯特帶著一條韁繩來到草場。他將韁繩套在我身上，牽著我離開。我沒有機會向辣子道別，只能因此嘶鳴呼喚；她焦急地沿著樹籬邊奔跑，一面不斷對我高呼，直到再也聽不到我的腳步聲。

經由約克的推薦，我被車馬出租行的店主買下來。去的時候，我必須搭乘火車前往，這對我是個陌生的經驗，第一次嘗試這種事需要相當大的膽識。不過等我發現那些噗噗聲、推進聲、汽笛聲……等等聲響，還有我所站立的那節運馬車廂上的震動並沒有對我造成什麼真正的傷害後，我很快就安之若素了。

旅程結束之後，我發覺自己置身於一座還算滿舒適的馬廄，同時受到良好的照顧。這裏的馬廄不像從前那兩處一般通風、討人喜歡，廄舍也不是建在水平地面，而是建於一道斜坡上，加上我的頭又被綁在馬槽邊，迫不得已只好永遠站在坡地上，很是折騰人。

人們似乎還不知道若是馬兒能夠舒適站立、迴轉自如，就能夠做更多的工作；不過大體而言，我在這兒吃得好、吃得飽，身上的皮毛也都刷洗得很潔淨，我想我們的主人是盡其所能地在照顧我們了。

他這兒擁有許多各式的馬匹和馬車供人租用，有時是由車行中的僱員駕車，有時則交由親自趕車的先生、小姐們駕馭。

第二十八章　包租馬與其駕駛

截至目前爲止，我一直由至少熟悉如何趕車的人來駕馭；但在這裏，我卻要經歷各種低劣或無知的駕車方式，成爲其中的受害者，因爲我是一匹「包租馬」，誰想使用就交到誰手上，加上個性溫順馴良，只怕被交到無知使用者手中的頻率是要比其他某些馬兒高多了，因爲我比較可靠。不同的人對我的不同的駕馭方式，介紹起來要花大半天工夫，不過底下我將敘述其中的幾種。

首先是緊縮轠繩類——這種人似乎認爲駕車要順利，全得靠他們盡力把轠繩收得愈緊愈好，絕不能絲毫放鬆馬嘴中的勒口，也不能給牠一點最起碼的挪動自由，成天把「將馬兒控制於指掌之中」、與「隨時扯住馬匹」掛在嘴上，好像馬兒天生就不懂自我控制似的。

或許某些嘴角早已被這類車伕扯得僵硬，遲鈍的馬兒的確要這樣才容易指揮，然而對一般能夠靠自己的腿運動、嘴肉細嫩、容易引導的馬兒而言，那不僅是種折磨，更是一種愚蠢的行爲。

另外還有一種不加束縛型的駕車人，上了車伕座位就任由韁繩鬆垮垮地垂在我們背上，自己的雙手則閒散地擱在自己膝頭。

當然啦，一旦有什麼突然的狀況發生，這類先生們對於馬匹是完全沒有控制力的。萬一馬兒驚跳、驚立或者絆著什麼，他們根本無從自救或者協助馬匹，只能眼睜睜看著災禍釀成。

當然，就我自己而言，並不反對這樣的方式，因爲我既沒有驚跳也沒有絆跤的習慣，只是習於依賴車伕的引導和鼓勵罷了；然而遇到下坡時，任憑誰都會喜歡背後有人拉著韁繩的感覺，希望知道趕車的人沒有睡著。

況且，這種潦潦草草的駕車方式容易養成馬兒的壞習慣——通常都是散漫怠惰之類的；一旦換人駕馭，往往就得爲了改掉這些壞習慣而挨鞭子、惹麻煩、吃苦頭。鄉紳戈登總是讓我們維持最好的步態、最優良的舉止。他說縱容馬匹養成惡習，就像溺愛孩子一樣，都會使牠們日後嘗到苦果。

除此之外，這一類的車伕往往特別粗心大意，駕起車來左顧右盼，就是不會顧到自己的馬匹。

曾經有一天，我拉著四輪篷車隨一個這樣的租車客出門，他的車廂中還載著一位女士和兩名小孩。出發時他揮動馬鞭，雖然我走得挺好，還是無端地挨了幾記鞭子。當時路上有許多地方正在修築，即使已經鋪好一段時日的路面也有不少散落的石頭。我的駕駛者一直在和那位女士以及兩名小孩說說笑笑，壓根兒沒有想到要偶而盯一下馬匹，或者將車趕到最平滑的路面上去，難怪我的前腳沒多久就卡進一顆石子。

喏，要是戈登先生，或者約翰，甚至其實只要是任何一名好馭者，一定不到三步路就能察覺我的步伐有些不對勁。又或者就算天色已黑，有經驗的車伕也會經由轠繩感覺到異常狀況，同時下車幫我挖出石子。然而儘管我鞋底下的石子愈釘愈牢，我的腳愈刺愈痛，這個租車人還是照樣不停談天說笑。

腳下那顆石子的形狀是底圓裏尖，眾所周知，馬兒若是踏到這種石子是最危險的，也最容易劃破腳掌，最容易使牠走得東倒西歪，甚至倒地。

我不知道這名趕車人是眼睛有毛病，或者粗心大意到極點，總之，他趕著腳下卡著石子的我足足走了半哩路才發現不對。當時我早已痛得走起路來一瘸一瘸的，他這才看出有問題，並且大叫：「喂，快走哇！咊，他們竟然派隻跛腳馬來拉我們的車！太不要臉了！」然後拉著馬韁、抖著馬鞭沒頭沒腦地亂打，說：「嘿，快啊！跟我裝病裝傷也沒用，該走的路還是要走，用不著拐著腳偷懶。」

就在這時，一名騎著小棕馬的農人從後頭趕上前來，收住韁繩，揚起帽子說：「打擾了，先生，我看您的馬似乎是出了問題，瞧牠走路的樣子好像鞋子裏踩進石頭了。只要您答應，我願意檢查一下牠的腳，這些滿地散佈的石子對馬匹而言可真危險得要命。」

「牠是匹租來的馬，」趕車的先生說，「我不知道牠有什麼毛病，不過派這種跛腳畜牲來替人拉車，也未免太丟人現眼了。」

農夫下了馬，將韁繩繞在胳臂上，隨即捧起我的一隻腳。

「天哪，是塊石頭！跛腳?!難怪牠會跛著腳嘍！」他先試著用手將那塊石頭剝下來，然而，那塊石子已經陷得很緊很深了，他只好從口袋裏掏出一把挖石刀，小心翼翼、幾經困難地將它挖出來，然後揚起石子，說：「瞧，這就是卡在你這匹馬蹄鐵上的石子了，牠沒有倒地外帶摔破膝蓋還真是件奇蹟！」

「嗯，的確！」駕我出遊的車伕說，「真是怪事，以前我根本不知道馬也會刺到石子！」

「你不知道！」農夫頗不以爲然地說，「牠們不但會被石子刺到——連最好的馬都會——而且遇上這種路面，有時就算想不被刺傷都難。假使你不想讓你的馬跛腳的話，就得把眼睛放亮，盡快把牠們帶離這種路段。牠這腳瘀血瘀得很厲害，我想——」他輕輕放下我的腳，拍拍我說，「先生，您最好暫時先讓牠和緩地走一段路，這腳傷得不輕，一時之間還是會有點跛的。」說完騎上馬背，向車上女士舉帽爲禮，然後輕快地騎著馬走了。

農夫離開之後，駕車者又開始猛扯韁繩、胡亂鞭打，於是我明白，自己還是必須帶傷快跑，自然不敢放慢腳步。幸好石頭已經挖出來了，只是那隻腳仍然痛得很，而這類經驗在我們出租馬匹身上是屢見不鮮的。

第二十九章　倫敦人

接下來還有一種蒸氣機型的趕車方式，這種駕車者大多來自城市，從來不曾擁有過屬於自己的馬匹，出門通常都是以火車代步。

這類人似乎總以爲馬兒和蒸氣機差不多，只差體型比較小罷了。總之，他們認爲只要他們花錢僱馬匹，馬兒就該隨他們愛牠跑多遠就跑多遠、要牠跑多快就多快、愛牠拉多重的車就得拉多重的車。不管道路是泥濘難行或乾燥好走，是滿地石子或平坦光滑，是上山或者下坡，都一樣——跑——跑——跑！必須用同樣的步伐奔跑，既不讓你歇一口氣，也不會稍微替你著想。

這些人從來不會考慮上陡坡的時後應該下車步行。噢，不會的，他們既然出錢搭車，自然就要坐在車上。馬匹怎麼辦？哦，牠習慣了嘛！不拉人上山，要馬匹有何用？步行！真是開玩笑！所以嘍，扯轡繩、動鞭子，外加一聲粗魯的叫罵：「快啊，懶畜牲！」都是家常便飯。而且在我們一路竭盡勞力、奮勇向前，雖然憂愁沮喪也沒有半句怨言，乖乖任由他們頤指氣使的同時，仍舊少不了另一陣無情鞭撻。

這類蒸氣機型的駕駛方式最容易耗損我們的元氣了。我寧願在懂得體恤的車伕駕駛下拉二十哩路車，也不要和這種人出門走十哩，前者對我們的損傷比起後者少多啦。

再者——無論是多麼陡峭的下坡路，他們也難得爲我們安裝一次止滑外胎，因此往往會發生一些意外；不然就是即使把外胎套上了，到了山腳之後也常忘了將它解下，我就曾好幾次必須拖著一只輪子緊裹在防滑外胎裡的馬車去爬下一座山，走到半路，某些馭者才會想起外胎還沒取下，而那對馬兒而言可是吃力至極的事吶。

再來就是那些倫敦佬了。他們大多不像一般紳士般以輕鬆的步伐出發，而是還沒出馬廄外庭就開始狂飆疾馳；而當他們想要停車時，首先便是鞭打我們，然後猝不及防地猛一拉韁繩，使得我們幾乎跌坐在地，嘴巴也被馬勒勒出缺口來。他們稱那叫急停車！

而遇到轉彎時，也老是當馬路是自家用的一樣，來個狠狠的大急轉。

我清清楚楚記得某個和羅力一同出門工作的春季黃昏（羅力是有人租用雙馬車時最常和我搭檔的馬，個性非常忠實而善和。）當時駕車的是我們自己的車伕，他向來對我們體恤又溫和，所以那一天我們過得非常愉快。

薄暮時分。我們踩著輕捷的步伐要回家，途中必須經過一個左轉的急轉彎；不過由於左側就是樹籬，右側又還有很寬的空間可供其他馬車通過，因此車伕並沒有勒緊韁繩，讓我們緩步慢行。

就在靠近街角時，我聽到一匹馬與兩個車輪朝著我們飛速衝下山的聲音。有高大的樹籬遮著，我什麼也看不見，只知道一轉眼間，雙方人馬就撞在一起了。

我很幸運，拉的是靠近樹籬那一側的韁繩，但羅力卻位在轅桿的右邊，身前連根可以保護牠的車槓都沒有。另外，那部車的車伕因爲不照規矩、直衝對角，等看到我們時，已經來不及把馬頭調轉回自己那一側了。

這一切撞擊全落在羅力身上，雙輪馬車的轅桿也筆直插入牠的胸膛。羅力發出一聲令人永生難忘的厲號，搖搖晃晃地往後退。

對方馬匹一屁股跌坐在地，同時撞斷了一支轅桿。結果那匹馬兒也是我們車行派出來的，拉的是一般人非常喜歡的雙輪高座單馬車。而駕車的正是那種無知又隨便的傢伙，根本不知道自己該行駛馬路的哪一邊，或者即使知道了也不放在心上。可憐的羅力皮開肉綻，鮮血汩汩直流，據說要是再刺偏一點，必定會要牠的命。可憐的伙伴，要是牠真的送了命，對牠反而好得多。

重傷的羅力經過長期療養傷口才痊癒，之後就被賣去替人拉煤車；那種拉著車在陡峭的丘陵上上下下奔忙的滋味，只有馬兒才曉得。我曾幾度在礦場附近看過那情景：一匹馬兒拖著沈重的雙輪運煤車往山下跑，車子本身又不能安裝止滑外胎，那種景象即使現在想起來都讓我心酸。

在羅力因傷成殘之後，我常和住在我隔壁馬舍那匹名叫佩姬的牝馬一塊兒出門拉大馬車。她是匹強壯結實的牲口，有著淡褐的毛色和美麗的斑紋，還有深褐的鬃毛和尾巴。雖非系出名門，但長得非常漂亮，而且脾氣柔得不能再柔，又特別能夠欣然從事工作。只是她的眼神依舊帶著一股焦慮之色，因此，我一看就知道她心裏有著煩憂。

第一次和她共同拉車，我覺得她的步法好奇怪，她似乎是用一種半跑半躍的步伐在前進，每跑三、四步，就會稍微往前跳一下。無論是誰和她一同拉馬車，都是椿非常不愉快的事，而且令我感到心煩氣躁。等回到家後我問她，是什麼樣的因素使得她前進的方式如此古怪而笨拙。

「哎，」她愁容滿面地說，「我知道我的步態奇差無比，可是又能怎麼辦呢？那真的不是我的錯，怪只怪我的腿實在太短了。我站起來雖然和你差不多高，但你的大腿卻足足比我多了三吋長，所以你的腳步自然能夠踏得比我遠，跑得比我快。呶，我的樣子可不是自己打造的，可惜不是，否則我就會有雙長腿了，我所有的麻煩都是這雙短腿帶來的。」佩姬垂頭喪氣地說。

「可是，」我說，「妳那麼強健、那麼好脾氣、又那麼任勞任怨，怎麼會招麻煩呢？」

「唔，你是知道的，」她表示，「人們總是喜愛快速前進，如果哪匹馬速度趕不上其他馬匹，那麼除了沒完沒了的鞭打、鞭打、鞭打外，牠還能得到什麼呢？於是我必須盡可能趕上別人，也就不得不漸漸養成這種醜陋笨拙的行進法了。這並不是與生俱來的，在由我的第一位主人豢養期間，我一直維持優雅合度的小跑步，不過那也得歸功於他並不匆匆忙忙。他是當地一位年輕傳教士，同時也是一位和氣善良的主人。他有兩間相距很遠的教堂要主持，還有許多工作要忙碌，可是他從不因爲我的腳步不夠快而罵我或鞭打我。他非常喜愛我。真希望現在還跟他在一起，可惜他必須離開當地到一個大城鎮去，所以把我賣給一名農人了。

你曉得，有些農夫是絕佳的好主人，不過我想，這名農夫是屬於很低劣的那種。他不在乎什麼好馬匹、好駁車術，只在乎跑得快！快！快！我竭盡全力快速前進，可惜還是不如理想，所以他成天就會對我動鞭子，而我也就因此養成了往前跳一步以求並駕其驅的習慣。

在市集日時，他常會在小旅舍裏逗留到三更半夜，然後再駕著車子急如星火地趕回家。一個月暗星沈的夜晚，他一如往常地飛車趕回家中，突然間，車輪撞到路上某樣巨大沈重的東西，整部馬車一下子翻覆過去。他被拋出車外摔斷手臂，大概也撞斷了幾根肋骨。總之，從此我不再由他豢養，而我一點也不覺得遺憾。可是假使人們一定得趕得這麼快的話，到哪裏去對我還不都沒差別。真希望我腿長得長一些。」

可憐的佩姫！我非常憐憫她，卻又無法安慰她，因爲我明白一匹步速緩慢的馬兒和一匹快腿馬搭配起來會有多難過。所有的鞭笞都會落在牠身上，而牠卻一點輒也沒有。

佩姫常拉四輪摺篷車，由於性情溫和，某些小姐非常喜歡她；在這次談話之後沒多久，她就被兩位親自駕車、又想找匹可靠好馬的小姐買走了。

我曾幾度在拉車到村子裏時遇到她，她的步伐穩健而從容，看起來就像全天下最快活愜意的馬兒。看到她我好高興，因爲她絕對配得上這樣的好情景。

在她離開之後，另外一隻馬匹取代了她的位置。這匹馬年紀還小，並且擁有畏縮善驚的惡名，同時因此而失去了一個好住處。我向牠詢問過導致牠畏縮膽小的原因。

「唔，我不知道，」牠說，「我從小就沒膽量，好幾次都被嚇一大跳過，而且一旦見到任何陌生的事物就會扭頭盯著它瞧——你知道的，戴上眼罩之後除非左顧右盼，否則根本看不清事物的真面目。而只要我一四處張望，我的主人就會狠狠抽我一鞭，這當然不會減少我的害怕，只會令我陡然心驚。我想，只要他肯讓我安安靜靜打量東西，明白不會受到它們傷害，不但一切都會平安無事，我也必定會漸漸見怪不怪。

有天，一位老先生和他一塊兒騎馬，一片不知是大白紙或破布的東西正好吹過我身旁，我驚慌躲避往前一跳，主人馬上又像平時一樣狠狠抽打我，而那位老人家卻大叫：『你錯了！你錯了！你千萬不該因爲馬兒膽小閃避而打牠；牠驚避是因爲心裏害怕，你打牠只會使牠更加畏懼，使這習慣更加惡化。』因此我想，大概並不是每個人都像他一樣。

我鄭重擔保自己並不想因爲害怕而畏縮閃躲，可是如果我根本沒機會去習慣任何事物的話，又怎能知道什麼東西有危險性，什麼東西不會傷人呢？我對自己熟悉的事物並不懼怕。瞧！我是在一處養著鹿群的獵苑接受馴養的。自然對牠們就像對綿羊或牛隻一樣熟悉。而據我所知，很多聰慧的馬兒卻很害怕牠們，一想到將要經過蓄養鹿群的獵苑，就會先吵吵鬧鬧地胡踢亂踹起來呢。」

我知道我這位同伴所言不虛，也盼望每匹小馬都能遇到像農夫葛雷和鄉紳戈登一樣的好主人。

當然，我們在這裏有時也會碰到很好的駕車方式。記得有天早上，我被套上一部雙輪輕馬車，帶到一幢位於波坦尼街的房屋前，屋裏走出兩位先生來，較高的那位走到我們面前仔細檢查馬勒和鞍配，同時用手拎拎項圈，看看是否套得很舒適。

「你認爲這匹馬真的需要馬勒嗎？」他對車行裏的馬伕說。

「唔，」馬伕回答，「坦白說，我相信沒有馬勒牠也會走得一樣好。這是匹難得的好駿馬，雖然精力充沛卻沒有任何壞毛病，只是我們發現一般人都喜歡讓馬兒銜著馬勒。」

「我可不喜歡。」那位先生說，「請把它解下來，將馬韁套在臉頰邊；嘴巴沒有壓力對長途旅程而言是很棒的一件事，對不對呀，老兄？」他輕拍著我的頸背說。

於是他執起韁繩，和另外那位先生雙雙上了車。我還記得他是多麼平靜地掉轉我的方向，接著輕輕一碰韁繩，溫和地用馬鞭拂過我的背，然後我們就出發了。

我彎下頸子，踩著最勻稱的步伐踏上旅程，發現背後有位深知馭馬術的先生在引導著我，那種感覺就像回到舊時光，令我覺得相當輕鬆愉快。

這位先生對我喜愛萬分，在帶著馬鞍試騎幾次之後，就遊說我的主人將我賣給他的一位朋友，因爲那人正想找匹安全可靠、性情良好的馬兒騎。於是就在那年夏天，我被轉手賣到巴利先生手中。

第三十章 賊

我的新主人住在巴茲，事業繁忙、是位未婚男子，之所以買下我，全因他的醫師建議他騎馬做運動。他在他的宿舍附近租了一座馬廄，同時僱來一名叫做費爾卻的男子當我的馬伕。

這位主人對馬匹所知有限，但他待我很好，若不是有些情況他完全不懂，我一定可以擁有一個自在良好的環境。

由於那馬伕認為某些食料不可或缺，他訂購了摻著許多燕麥的上好乾草、磨細了的豆子，還有添加大巢菜或黑麥草的糠糊。我親耳聽到主人下訂單，知道馬廄裡會有好糧食，所以認為自己真好命。

最初幾天一切都很舒泰，我發現這位馬伕對自己的職務相當嫻熟。他隨時保持馬廄通風清爽，對我的餵食、刷洗也沒有絲毫馬虎，而且百分之百做到親切溫和。

他曾經在巴茲擔任一家大旅館的馬伕領班，後來辭工回家，栽種蔬菜、水果拿到市場去賣，妻子也養些家禽、兔子出售。可是過了一陣子，我發現我的燕麥似乎非常短缺。豆子還有得吃，只是已經被用來取代燕麥調和糙糠了，而糠糊的量也很少，絕對不到應有分量的四分之一。

不到兩三個星期，這種待遇開始反應在我的體力和精神上。青草飼料好固然好，少了穀物仍舊無法維持我的健康。然而我既無法抱怨，也不能讓他們明白我的需要，以至於這種情況一直持續了將近兩個月之久，真奇怪，我的主人竟沒發現不對勁。

還好，有天下午他騎著我到鄉下去拜訪一位朋友——一位住在通往威爾斯路上很有身分的農夫。這位農夫先生對於馬匹頗具慧眼，在和主人寒暄過後，立刻望著我對他說：

「巴利，我覺得你的馬看起來好像不如剛買下牠時那樣健康，牠沒什麼毛病吧？」

「嗯，沒有毛病，」主人說，「只是精力不如從前旺盛了。我家馬伕告訴我說，馬匹到了秋天總是比較虛弱、沒精神，這不足爲奇。」

「秋天！胡說八道！」農夫說，「喂，現在才不過八月啊，再說你那兒工作輕鬆、飼料又好，就算是秋天，牠也沒有理由愈來愈瘦弱。你是怎麼餵牠的？」

主人把我的食物內容唸給他聽，對方緩緩搖著頭，開始撫摸我全身。

「親愛的老弟，我不知道是誰吃了你的食物，不過如果答案是這匹馬兒我可不敢置信。你騎馬像急驚風嗎？」

「不，非常和緩。」

「那麼你把手放這兒，」他說著，用手拂過我的頸子和肩膀，「牠渾身就像剛從草原上趕來一樣又濕又熱。我建議你不妨多巡視一下馬廄。我討厭當個多疑之輩，謝天謝地，我手底下的人——不管是現在或過去用的——都很值得信賴。但世上多的是無惡不作、卑劣到會打劫啞吧動物食糧的無賴，你非要仔細查查不可。」說著，扭頭對走過來牽我的幫傭說：「好好餵牠一些搗碎的燕麥，別限制牠的食量。」

「啞吧動物！」的確，我們是不會說話，不過假使我能說話，早就可以告訴主人他買的食物到哪裡去了。

每天早上約莫六點鐘，我那馬伕都會帶個提著有蓋提籃的男孩到馬廄裡來。那男孩常和他父親同進存放穀物的馬具間，若是門沒關好時，我就可以看到他們從小貯藏室裡取出燕麥，裝滿小袋子，然後男孩就走了。

在去過農夫先生家五、六天左右那個早晨，馬伕的孩子才剛走出馬廄，廄門又被推開，同時，一名警察牢牢抓著他的手臂走進來。另外一名警察緊隨其後，將門從裡面鎖上，說：「帶我去看你父親把他養兔子的食糧藏在什麼地方。」

男孩一臉驚恐，放聲大哭，卻又無可逃避，只得領著他走進小穀倉。在那兒，警察發現另一個袋子，樣式就像男孩籃子裡那個裝滿燕麥的口袋一樣。

當時費爾卻正在清洗我的腳，不過他們一下子就看見他了。雖然他口出狂言，威脅恫嚇，他們還是把他帶去「鎖起來」，同時把他的兒子也帶走。後來聽說那孩子並沒有被抓去入罪，而馬伕則被判了兩個月的監禁。

第三十一章 舌燦蓮花

我的主人雖然沒有馬上獲得賠償，新馬伕卻是沒幾天就來了。他是個外型相當高佻英俊的傢伙，不過倘若說天底下也有吹牛、詐騙型馬伕的話，這位阿佛烈德・史莫克倒是不折不扣的一個。

他對我很和氣，從不虐待我；事實上，每當主人在場時，他一定拚命撫摸、輕拍我，帶我到門口前，也總要用水清洗我的尾巴和鬃毛，用油抹過我的蹄子，好讓我看起來瀟脫漂亮。不過在清潔我的腳、檢查蹄鐵、或者徹底梳洗我的皮毛、整理居處方面，他卻簡直把我當牛看，任由我的尻帶僵硬、馬鞍潮濕、勒口生鐵鏽。

阿佛烈德・史莫克自栩是位翩翩美男子，每天要在馬具間裡耗上許久工夫對著鏡子梳頭髮、刮鬍髭、打領帶。每當主人對他說話時，他一定一迭聲地應著：「是，先生；好的，先生。」每說一句就要抬一下帽沿表示恭敬；而每個人也都以爲他是個十全十美的年輕人，巴利先生僱到他真是三生有幸。在我看，他是我所接觸過的人中最懶惰、最狂妄的一個。

不受虐待固然是件挺要緊的事，但一匹馬所需要的卻不僅止於此。我住的地方是間放飼廄，照理說，只要他肯稍微動動手打掃一下必定會很舒適。他從來不曾把所有麥稭全換過，因此我臥鋪下的氣味惡臭難聞，而且散發出陣陣薰得我兩眼紅腫、疼痛的濃濃蒸氣，讓我每天提不起一點精神來。

「阿佛烈德，馬廄裡的臭味好濃啊；你是不是該徹底洗刷一下廄舍、多沖點水才好呢？」一天，主人進來對他說。

「唔，先生，」他抬抬帽沿說，「如果您要我洗的話我會洗，先生；不過在馬廄裡沖水可是很危險的呀，先生；牠們很容易著涼的，先生。我很不願意對牠造成傷害，不過如果您要我洗的話我一定照辦，先生。」

「呃，」他說，「我並不想害牠著涼，但卻也不喜歡這味道；你想是不是排水溝有問題呢？」

「喔，先生，您這一提，我倒是想到排水溝有時確實會散出些怪味，一定是那裡出毛病了，先生。」

「那麼就找個泥水匠來把它處理好吧。」主人吩咐。

「是的，先生，我會的。」

泥水匠來了，而且還拖來許多磚塊，結果發現排水溝根本沒有任何問題，於是他擺了些萊姆在溝裡，向主人索費五先令，至於我馬廄裡的臭味則依然如故。但那還算小事——由於長久站在潮濕的麥稭上，我的腳漸漸變得越來越不健康、越來越虛弱，主人也老是說：「我不曉得這匹馬是怎麼了，走起路來跌跌撞撞的，真擔心哪天牠會絆倒。」

「是啊，先生，」阿佛烈德附和，「我溜馬時也注意到了。」

事實上，他根本不曾帶我出去運動過，主人一忙，我常常都得在馬廄裡枯站好幾天，連伸伸四條腿的機會都沒有，而餵的食物卻還像在外奔馳一整天一樣豐富。這常危害到我的健康，有時也會讓我覺得昏昏沈沈、行動呆滯，但更常使我變得煩躁、亢奮。

他甚至不曾餵我吃過一餐可以抒緩情緒的綠色食物或糠糊，因為除了自吹自擂之外，他也是個不折不扣的無知之徒。於是，我不但沒得變化食物出去運動，反而得服用馬藥丸和藥劑；除了忍受被灌藥入喉的不快外，還常讓我覺得難過、不舒服。

一天，我的腳實在虛弱得快癱了，加上馱著主人漫步奔跑在新鋪的石子路上，使得我嚴重地絆了兩下，於是主人便在由蘭斯敦轉往倫敦的路上順道帶我去看馬醫，請他瞧瞧我究竟出了什麼問題。

「你的馬患了嚴重的『鵝口瘡』，牠的腳非常虛弱，沒有不支倒地算是徼天之幸，真奇怪你的馬伕先前竟沒注意到。這種症狀只有在污穢的馬廄、因爲乾草臥鋪沒有適當清理才會發生。要是你願意明天把牠送過來一趟，我會處理好牠的腳蹄，同時給你藥膏，指導你如何使用。」馬醫一隻隻抬起我的腳來檢查，然後站起身來拍拍手上塵土說。

隔天他徹底清潔我的腳，同時塞了些亞疏屑在上面，將我的腳浸泡在一種藥性很強的洗劑裡，浸得很不舒服。另外，他還吩咐每天要把我馬廄裡的草鋪全搬出去，地板必須保持百分之百清潔。此外，在我的腳完全復原之前還得食用糠糊、部分綠色食物，穀類不可吃太多。

經過這些調養之後，我很快就恢復了元氣，可是巴利先生卻因接連兩次遭到馬伕欺騙而很不是滋味，決心不再自己畜養馬匹，若是要用馬時再去租來就是。因此在四肢完全恢復健康之後，我又再一次被轉手出售。

第三部

那弧線優美、毛皮光澤的頸子如今又瘦又直，甚至無力下垂，筆直脩潔的四肢和細緻的球節都已浮腫，腳部關節在歷經辛苦工作之後已經完全變形；而她的臉——那張曾經朝氣蓬勃、神采飛揚的臉上也添滿了風霜。至於她那沉重的喘息和頻繁的咳嗽，更讓我一眼看出她的呼吸有多艱難。

不，我無法形容，那景象太可怕了。

第三十二章　馬市集

毫無疑問，對那些無所是事的人而言，馬市集是個很有趣的地方；無論如何，那兒有不少東西可逛可看。

初出茅廬、來自鄉下的小馬一排排大排長龍，毛蓬蓬的威爾斯小駒成群結隊，身量和逍遙騎差不多高；此外還有各型各種、數以千百計的拉馬車，其中部分紮起長長的馬尾辮，並且繫上鮮紅的細繩子。此外，也有不少是像我這種飄逸、高貴，卻因爲有過意外、損傷、驚悸之症，或者其他疾病而淪爲次等的馬匹。市集裏還有些正值青壯、任何工作都能勝任的健馬。牠們由馬伕牽著，跨出牠們的腿，以高貴的姿態在場中慢跑，展示輕捷勻稱的步態。

不過在場子後頭，卻有不少因爲嚴苛工作而拖垮身體的可憐牲口。牠們膝蓋彎曲，走起路來兩條後腿搖搖擺擺。另外有些一臉萎頓的老馬，耷拉著嘴角，倒垂著兩耳，彷彿生命已了無意趣、毫無希望。有的馬匹瘦的一根根肋骨全往外露，有的後背、臀部還帶著陳年老傷。這些光景落在一匹深知自己也很可能會有這麼一天的馬的眼裏，不免會有些觸景傷情。

市集裏到處是一片討價還價聲，坦白說，在我的感覺中，這些抬價、殺價的過程裏所出現的謊言、伎倆，就算再聰明的人也防不勝防。我被和其他兩三匹看起來很中用、很強健的馬匹安插在一起，許多人都過來打量我們。那些有身分、有地位的紳士們總是一見我膝上的傷疤就不再理會我，儘管那名領有我的馬販發誓那不過是在馬廄裏滑一跤所造成的也沒用。

有意的買主首先會扳開我的嘴巴，再細看我的眼睛，然後用力捏捏皮肉，再試一試我的步態，而每個人進行這些步驟的方式可以說是天壤之別。有的人粗手粗腳，彷彿把我當塊木頭一樣；有的人則是輕手輕腳地撫遍我的全身，偶而還輕輕拍一下，嘴裏不停的說著：「多包涵，多包涵。」從他們的態度中，我自然可以判斷出這些買主的修養爲人。

在我的心目中，有名男子如果肯買下我的話，我將會過著快樂的日子。他既不是一位高貴紳士，也不是那種粗聲大氣、浮華不實的人。他的身材相當瘦小，但筋肉結實，一舉一動無不敏捷輕巧。我從他對待我的方式，馬上可以感覺出他是個深懂馬匹的人；他的語氣溫和，灰色的眼睛中帶著一抹親切、愉快之色。

說來奇怪——但絕不虛假——他身上那股清新的氣味，竟是使我對他產生好感的因素。他的身上沒有惹人厭惡的啤酒味、菸草味，只有一股芬芳的清香，彷彿是剛從乾草倉裏走出來一樣，他對我出價二十三磅，不過遭到馬販拒絕，於是他就走開了。我渴切地望著他的背影，但他已經走了。

同時又有一名相貌嚴酷、嗓門奇大的男子走過來；我心裏七上八下，深怕被這人買下，還好他也走開了。

接著又有一、兩名根本沒打算買馬的人過來看了看，然後那名相貌嚴酷的男子再度走過來，出價二十三磅。這筆交易當時幾乎就要談成，因爲我的馬販開始覺得他一定賣不了心中理想的價錢，乾脆降價求售算了。不過就在這關鍵的一刻，那名灰眼珠的男子也回來了。我忍不住朝他伸長頸子，他也和善的輕撫我的臉龐。

「好啦，老兄，」他說，「看來我們應該是很投緣。我出價二十四磅買牠。」

「二十五！二十五就賣給你。」

「二十四磅十先令，」我那伙伴相當堅決地說，「再多一文也不成——賣或不賣？」

「賣啦！」馬販說，「我敢打包票，這絕對是匹集各項優點於一身的良駒，如果是買來拉出租馬車用的話，保證讓你划算。」

我的新主人當場付清款項，牽著我的繫轡離開市集、來到一家小旅社，他已經在旅社中備妥一副馬鞍和轡轡。他餵我一些精美的燕麥飼料，站在一旁看我進食，一下子對我說說話，一下子喃喃自語。半個小時之後，我們啓程前往倫敦。

首先經過幾條景致宜人的小徑和鄉村路，最後踏上進入倫敦的通衢大道。在大道上，我們以穩定的步伐前進，到了黃昏時刻，終於抵達這座大城市。城內已經亮起一盞盞煤氣燈，街道左通右往，還有一哩接著一哩的十字路，原本我以爲永遠走不到盡頭了。然而就在通過某個十字路口後，我們終於到了一座長長的租車站。

這時，騎在我背上的新主人愉快的大聲招呼：「晚安，站長！」

「哈囉！」一個聲音大叫，「你買到好馬了嗎？」

「正是。」

「願牠給你帶來好運。」

「謝啦，站長。」主人說著繼續往前騎。

不一會兒，我們轉進一條小巷，走了將近一半，又折入一條非常狹窄的街道裏。街道一旁是外型相當簡陋的住屋，另一旁則似乎是車庫和馬房。我的主人在其中一間住屋前勒住轡繩，吹起口哨。屋門飛快打開，一名少婦領著一對小男孩和小女孩衝了出來，熱烈地噓長問短。

「喂，快，哈利，好兒子，快打開院門，媽媽會幫我們提燈籠來。」主人翻下馬，吩咐道。

不一會兒，大家又都圍繞著我站在一座小馬廄的院子裏了。

「爸爸，牠很溫馴？」

「是的，多麗，牠和妳的小貓咪一樣溫馴，過來摸摸牠。」

一隻小手立即毫不畏懼地撫遍我的肩頭。那感覺是多麼棒啊！

「你來幫牠按摩筋骨，我去給牠弄點糠糊來。」孩子們的母親說。

「快去吧，寶莉，牠正需要飽餐一頓，我知道妳已經替我準備好一份美味糧食了。」

第三十三章　在倫敦拉出租車的馬

我的新主人名叫傑利米亞・巴克，不過人人都稱他傑利，他的妻子寶莉則是那種每個男人夢寐以求的賢內助。

寶莉是名身材豐腴、儀容整齊潔淨的小婦人，有著烏黑光滑的頭髮、黑色的眼睛、和嘴角微微上翹的小嘴巴。他們的兒子將近十二歲大，是個高佻、坦率、個性溫和的少年；而八歲大的小桃樂絲（暱稱多麗）則是她母親的翻版。他們彼此親愛異常，在我從前或往後的生涯中，都沒有再見過如此幸福愉快的家庭。

傑利自己擁有一部出租用的單馬車以及兩匹馬，由他親自駕馭、照料。另外一隻馬匹名喚隊長，是匹骨骼相當粗大的白色高大馬匹，如今已經老邁了，不過年輕時候想必非常神氣，即使現在也還維持昂著頭、拱著頸子的傲人姿態。事實上，牠渾身上下沒有一處不流露出系出名門、舉止優雅的高貴氣質。牠告訴我，年少時代牠曾參加過葛立曼戰役，屬於一名騎兵隊軍官所有，經常帶領整個兵團衝鋒陷陣；關於這些事，以後我還會再詳加敘述。

第二天早上，傑利父子將我徹底洗刷餵食完畢後，寶莉和多麗都來馬廄外看我，和我交朋友。

哈利從一大早就來當父親的助手，他說他認爲我一定會「百分之百可靠」。寶莉帶了片蘋果給我，多麗也拿了塊麵包來，讓我覺得彷彿又回到了「黑神駒」時代的美好時代。能再度享受親切的撫慰、溫和的言詞，是一種莫大的榮寵，因此我更竭盡所能地表現出自己的友善之意。

寶莉認爲我長得非常英挺俊逸，若不是膝蓋帶著疤痕，用來拉出租馬車實在太可惜了。

「當然啦，我們無從得知這個傷痕該歸咎誰，」傑利表示，「但既然不知道，我就不願懷疑牠；因爲我還沒騎過一匹步伐像牠這般堅定、細緻的馬；我們依照老馬的名字叫他『傑克』——寶莉，妳說好嗎？」

「好。」她說，「因爲我希望好名聲能夠傳承不息。」

隊長一整個早上都拉車出門。哈利在放學後就過來餵我，給我水喝。下午時間換我拉車，傑利也像約翰•曼利一樣不辭辛苦的仔細檢查項圈、鞍轡是否套得舒適。在將尻帶孔放鬆一兩個洞之後，一切都沒問題了。沒有制韁，沒有馬勒，只有普普通通的輕馬銜，該是多麼好運啊！

穿過小巷之後，我們來到前一晚傑利向人道：「晚安！」的大租車站。這條街的一側是一幢幢有五光十色店面的高樓，另一側則是一座老教堂和圍在鐵柵欄內的墓園（一般西洋教堂外常毗鄰著做為墓地用的院落）。沿著這些鐵欄桿外停著為數不少、等候搭載乘客的出租馬車；地面上也散置著一些秣草；馬車伕們有的站在車旁，有的坐在駕車座上看報，還有少數一兩位乘空餵馬兒吃些乾草、喝點水。

我們把車拉到最後一部馬車後面排隊，馬上就有兩三名車伕圍上來仔細打量我，同時發表他們的評語。

「拉靈車挺稱頭的。」一個說。

「外型太漂亮了，」一個一副閱歷老到狀，搖著頭說，「早晚你會從牠時髦的外表下查出什麼缺點來，否則我就不叫約翰啦。」

「哈，」傑利輕鬆地說，「我看用不著費心去查，牠也會自己露出破綻來的，對吧？如果真是這樣，我還可多保持一些興致。」

這時，有個潤臉龐、身穿搭配灰色大披肩、白色大鈕釦的大外套、頭戴灰帽子、脖子輕鬆繫著長羊毛圍巾的男子走上前來，其他人都主動爲他讓出空間。這人頭髮也是灰白的，但神情很是爽快開朗。他仔細檢查我的全身，那分認真勁兒彷彿是準備要買下我似的，然後清清喉嚨、直起腰，說：「傑利，牠正合你所需要；不管你花多少錢買牠，這筆錢絕對值得。」

這人叫做葛蘭特，不過大家都叫他：「灰仔，葛蘭特」，或者「葛蘭特站長」。在這些人之中，他是在這拉車拉得最久的，同時他也把調停事務、平息紛爭視爲己任。大致說來，他是個風趣幽默、通情達理的人；不過萬一酒喝多了，脾氣有點控制不住時，大家可就巴不得退避三舍了，因爲他的拳頭之重還真不是鬧著玩的哩。

在我拉包車的第一週裏，日子非常難熬，我不適應倫敦，也不適應它的吵嘈喧囂、匆促步調，還有熙來攘往叫我不得不焦急、心煩地爭路、鑽路的蜂擁馬匹、貨車和轎車群；不過很快的，我便發現自己的馭者是個可靠的人，於是開始放鬆心情，不久就完全適應這個環境了。

傑利是我生平見過最好的車伕，更棒的是他對馬匹的體恤絕對不下於對他自己。沒有多久，他就看出我對工作不但欣然以赴，並且全力而爲；而除了在催促我向前時用鞭子來稍輕輕拂過我的背外，他也從沒打過我一下。不過一般說來，只要他拉起韁繩，我也就知道該舉步向前了，我相信他的鞭子插在座側的時間一定比握在手中多。

短短工夫內，我和我的主人已經能夠達到心有靈犀的境界。而在馬廄裏，他也竭盡所能的為我們安排舒適的環境。

馬廄裏的房舍很舊，而且坡度又太陡，在我們的廄舍後安裝了兩條可以移動的橫木，以便在我們晚上休息時，他可以解下我們的韁繩、攔好橫木，如此一來，我們就能夠自由迴轉，愛站哪就站哪兒，非常自在舒服。

傑利隨時將我們梳洗得非常乾淨，食物的種類也是盡其所能地更換，而且分量非常充分。不只如此，只要不是在我們全身熱呼呼進廄時，他會隨時提供我們大量乾淨的清水，擱在我們的身邊。

有些人認為不該讓馬隨心所欲地喝水，但我們知道假使在我們想喝水時就有水喝的話，我們一定一次只喝一點點，而這比起因為怕渴得頭昏眼花才能喝到水，所以一見到水就拚命往肚子裏灌要有益得多了。

有些馬伕只顧回家享受啤酒，丟下我們好幾個小時只有乾草、燕麥啃，卻沒有任何液體可以潤潤喉，難怪我們會急著一口灌下大半桶水，不但破壞我們的呼吸系統，有時甚至會造成胃寒。

不過在這裏最棒的一件事，就數禮拜天休息這樁事了。其他六天我們工作的非常賣命，所以若是沒有這一天的休息，恐怕會支撐不下去呢；除此之外，我們也可以趁這一天的閒暇彼此多交往。就是在這樣的休息日裏，我得知了我那同伴的歷史。

第三十四章　老戰馬

隊長幼年時接受的是軍用馬的馴養和訓練，牠的第一位擁有者是位曾在海外參與葛立曼戰役的騎兵隊長官。牠說牠很喜歡那段和其他許多伙伴共同接受訓練、一起奔跑、一起向左轉向右轉、在一聲令下立定、在喇叭聲響起或軍官的手勢中全速衝刺的歲月。

當時牠還很年輕，黑色的毛皮夾雜著鐵灰的斑紋，人人都認爲牠的姿態十分瀟灑出眾。牠的主人是個年輕、剛強的先生，打從一開始就非常細心、和善地對待牠，對牠寵愛有加。牠告訴我說，牠原以爲戰馬的生涯很是愉快；但當牠坐上一艘大船、漂洋過海的被送往異國時，心中的想法幾乎要完全改觀。

「這段過程，」牠表示，「太可怕了！當然我們無法直接由陸上走入船中，於是他們不得不在我們腹部底下套上結實的皮條，然後不顧我們的掙扎握住我們的腿高高的舉起、往空中拋，落在軍鑑的甲板上。上了船，我們被安頓在小小的緊閉房舍中，好長一段時間都不見天日，也無法伸展四肢。有的時候軍艦在狂風中行駛，我們也跟著受搖擺晃盪之苦，委實難

受極了。好不容易船艦終於抵達目的地，我們再次被高高舉起丟到陸地；等到我們一察覺如今已經腳踏實地，都忍不住噴著鼻息、聲聲長嘶以示歡喜。

很快地，我們發現這個國家和我們的故鄉大不相同，除了戰爭之外，還有許多艱困的環境要忍受，不過，即使是在那冰天雪地、泥濘潮濕、一切事物都脫了序的境遇下，還是有很多疼愛自己馬匹的人會竭盡全力讓牠們過得舒適。」

「可是戰爭呢？」我問，「戰爭不是比一切都更惡劣嗎？」

「唔，」牠說，「倒也未必，我們通常很喜歡聽到喇叭聲，喜歡被召出營，雖然有時必須枯站好幾個小時等待一聲令下，但我們總是等不及想出發；一旦軍令下達，我們會興奮、急切地踴躍向前，彷彿那兒根本沒有炮火、炸彈、槍子兒似的。我相信只要我們還感覺自己的騎士穩穩坐在馬鞍上、牢握韁繩，就算子彈咻！咻！飛過半空，轟成千萬碎片，我們也不會退怯、害怕。

我和我的主人毫髮無傷地參與過無數次軍事行動，雖然我目睹許多馬匹遭槍彈射擊、長矛刺殺或者受軍刀所傷；雖然我們任由牠們曝屍戰場，或者在重創的痛苦中奄奄一息，我還是不爲自己擔心。我的主人鼓舞手下時那種開朗的聲調，讓我覺得彷彿他和我都不能在戰爭中喪命。我是那麼百分之百的信賴他的引導，即使他要我直衝炮口，我也一定會毫不猶豫。

我看到許多勇士被刺中，許多戰將遭到致命創傷摔下馬背。我聽過聲聲垂死的哀號和悲吟，我曾踏著遍地血跡狂奔疾馳，我還常左衝右突以避免踐踏受傷的士兵或馬匹；然而直至那個可怕的日子來臨前，我從未感到懼怕──那個我一生難以忘懷的日子。」

隊長說到這兒暫停下來，深深吸口氣；我靜靜等待，牠隨即接著往下說：

「那是個深秋的早晨。像往常一樣，在天亮之前一個小時，我們的騎兵隊已準備就緒，蓄勢待發，不管是要打仗或等候。士兵們站在自己的坐騎旁等待，聽候上級指示。就在天色漸亮之際，高級軍官之間似乎引發某種騷動，天色還未全亮，我們便聽到敵人的炮火聲。這時，一名軍官翻身上馬，下令全體士兵就位，轉眼之間，所有人員已經騎上馬背，而每匹馬兒也無不生氣勃勃、熱切地等待騎士一抖馬鞭或者一夾馬腹。不過，我們都是飽受訓練嚴格的馬匹，除了不時重重嚼著馬勒急躁地猛甩頭外，還不至於有什麼騷動。

我那親愛的主人和我站在排頭，當大家都提高警覺、紋風不動地坐在馬背上時，他還為我將一小綹逆翻的鬃毛撥正，用他的手將它撫順，然後輕輕拍著我的頸子，說：『小棕馬，我的好俊馬，今天我們得衝鋒陷陣一整天嘍；不過，我們會像平日一樣順利達成任務的。』

我覺得，當天他比平時更勤於撫摸我的頸子，是默默的一遍又一遍輕撫，彷彿心中另有心事似的。我喜愛他的手撫觸我頸背的感覺，於是快樂而得意的挺起了胸膛；但我依然動也不動的站著，因爲我瞭解他的每一種情緒，知道什麼時候他也希望我安安靜靜，什麼時候看到我歡欣鼓舞。

我無法細訴當天發生的每一件事情，卻還記得我們所共同進行的最後一波攻擊：是橫渡敵軍大炮正前方的一座山谷。

這時候的我們對於炮火轟隆、毛瑟槍猶如連珠炮噠、噠、噠、噠直響、子彈在我們身邊亂竄的情形早已見怪不怪，卻從沒有遇過像那天橫越山谷時一般綿密的烽火。左方、右方、前方，一片槍林彈雨全朝我們轟來。許多英勇戰士倒下來了，許多馬匹橫屍疆場，將背上的騎士也拋到地上；許多空著馬鞍的馬匹瘋狂的衝出行伍，然後一發現背上無人指揮，又驚慌亂狀地撲回同伴之間，隨著牠們一塊兒衝鋒陷陣。

儘管形勢是如此驚險，依舊沒人裹足、沒人回頭。軍隊的陣容飛速削弱，但每當有戰友倒下之時，大夥兒便會立刻聚攏上去，使整個行進隊伍匯集在一起；而當我們步步逼進竄著紅火焰、籠在白煙裏的炮口前時，不但沒有慌了步伐、躊躇遲疑，反而越衝速度越快。

我的主人，忽然一顆子彈咻！咻！直逼我眼前，射中他身體。雖然他沒有發出哀嚎，但我卻驚慌的發現背上的他正搖搖欲墜；我想煞住腳步，而他右手的劍卻已掉落在地，左手的韁繩也已無力鬆垂，然後他便漸漸後仰落地；其他騎士風馳電擊地超越我們，在他們的攻勢帶動下，我也被捲離他倒地的地點。

我想留在他身旁，不讓狂奔的馬兒踩到他，可是我辦不到；此刻，在沒有主人、沒有朋友的情況下，我孤獨地置身於這片殺戮戰場中，不久，恐懼襲上我的心頭，我的全身泛起一陣從未有過的戰慄；於是，我也像早先看到的那些馬匹一樣，想要衝回行伍與大家一同衝刺，卻反被士兵們的劍所逼退。

就在此時，一名坐騎剛斃命的士兵抓住我的韁轡，騎到我背上，而我就在這名新主人的指揮下再度向前衝。然而我們英勇的隊伍卻遭到無情的挫敗，殘存的士兵在猛烈的炮火攻擊後，開始朝著來時方向拚命往回衝。有些馬匹身負重傷，在失血過多的情況下，幾乎已經無法移動寸步；有些高貴的牲口正力圖拖著牠們僅餘的三隻腳行進；還有些後腿已被炮彈炸飛的馬兒正掙扎著要靠前肢站立起來。牠們的呻吟令人悲憫，望著自身旁逃命而去的人馬時那哀哀的眼神，教我永生無法忘懷。戰爭結束後，受傷的士兵接受調養，死者也被安葬。」

「那些受傷的馬呢？」我說，「是不是任由牠們流血至死？」

「不，軍中的馬醫帶著手槍回戰場射殺傷重馬匹，遇到有受輕傷的則帶回來照料，不過絕大部分奮勇爭先的馬匹卻都在那場戰役裏一去不復返！像我們那個馬廄裏的，就只有大約四分之一的馬匹生還。從此，我再沒有見過我那親愛的主人。我想他一定是當時跌下馬匹時就已經喪生了，他是我這輩子最深愛的主人。我還參加過許多次交戰，不過只有一次略受皮肉之傷。戰事結束後，我重返英國，體格依然有如出征前那般健康強壯。」

「我曾聽人們像談論什麼精彩好事般地談論戰爭。」我說。

「哎！」牠說，「我想他們一定沒有親眼目睹過戰況，沒錯，沒有敵人，只要操練、行軍、做做演習時的確是很精彩、很棒。然而，當成千上萬英勇的士兵和馬匹斷送性命，或終身殘疾時，卻又完全不是那麼一回事了。」

「你知道他們交戰的原因嗎？」我問。

「不知道，」牠說，「那已經超出我們馬匹所能理解的範圍外。不過，如果說爲了殺死敵人而值得勞師動眾、跨海長征，那麼這些敵人想必是萬惡不赦之徒吧?!」

第三十五章　傑利・巴克

我從沒遇過比這位新主人更好的人了。他善良又親切，爲正義而堅持的理念也和約翰・曼利一樣強烈，而且笑口常開、脾氣好得不得了，幾乎沒有人可以和他起得了爭執。他非常喜愛創作一些小曲兒自哼自唱，比方有一首他十分偏愛的——

來吧！人父與人母，
姊妹與弟兄；
來吧！大夥兒快來，
來互助同心。

而他們一家也正是這首曲子的寫照。身爲長男的哈利對於馬房工作很是擅長，並且隨時願意主動挑自己會的事做。寶莉和多麗常在一早過來幫忙整理馬車，趁傑利在院子裡清潔我和隊長及哈利擦拭馬具時，洗刷、打掃坐墊，拭淨玻璃。

這一家人經常和樂融融、笑聲不斷，使得隊長和我的情緒自然而然比聽到惡言相向時高亢許多。他們總是一大清早就來幹活，因爲傑利老把這支小曲兒掛在嘴上——

假使你在早晨，
浪擲時光；
一天之中你也無法再拾回。
或許你匆匆忙忙，
或許懊惱憂煩；
但你已永久失去那時光
一去不復返。

他見不得任何人遊手好閒、虛度光陰；看到人們老是遲到，非得叫部車讓馬兒沒命地趕路，以便彌補自己懶惰的惡果，準教他怒從心中起。

一天，車站附近一家客棧裡衝出兩名滿臉心急如焚的年輕人，大叫傑利：「喂，車子！快，我們趕不及了；加把勁，送我們到維多利亞區趕搭一點的火車好嗎？我們會額外多付一先令小費。」

「兩位先生，我只願意以正常速度搭載你們，為這種理由快馬加鞭賺小費沒道理。」

拉瑞的車就停在我們隔壁，他飛快打開車門招呼：「兩位，我願為你們效勞。搭我的車；我的馬一定會順利把你們送到車站。」兩名青年上了車，拉瑞關好車門，又對傑利眨眨眼，說：「依他的標準，只有讓馬兒緩踱慢搖才算對得起良心。」說著揮動馬鞭，拚命向前飛衝。

「不，傑克，為了一先令那樣拚命不值得，對不對啊，夥計？」傑利輕輕拍著我的頸背。

雖然傑利說什麼也不肯為粗心大意的人快馬加鞭，總是讓馬兒維持合度的步伐，但他說過，只要知道理由，他並不反對在必要時風馳電掣。

我還清清楚楚記得，有天早上我們正在租車站前等候顧客上門，這時一名提著沈重行李箱的青年男子踩到別人丟棄在人行道的橘子皮，整個人重重跌倒在地。

傑利一馬當先跑過去扶起他。看那人的樣子，似乎這一跤跌得頭暈目眩，當大家攙著他走入一家商店時，更是一臉痛苦舉步維艱。傑利扶他過去後自然回到招呼站，可是不到十分鐘，又有一名店員來叫他，於是他便牽著我們走上人行道。

「你能不能載我到東南火車站？」那年輕人問，「這倒楣的一跤已經延誤了我的時間，而我又有重大原因非趕上十二點的班車不可。要是你能及時送我到站的話，我會感激不盡，並且很樂意再付你一份小費。」

「如果你覺得已經可以上路，」傑利望著面如死灰、精神萎頓的年輕人由衷表示，「我一定盡我全力，先生。」

「我必須上路，」年輕人懇切地說，「請打開車門，千萬別再耽擱了。」

於是傑利立刻坐上車伕座，對我喳呼一聲，一抖韁繩。

「來吧，傑克，好夥計，」他說，「放馬衝啊!我們這就讓他們瞧瞧，只要知道理由，我們就能健步如飛。」

中午時間想在這個城市裡趕快車，向來是件大難事，因爲此時每條街上都是車水馬龍。不過我們照樣盡力以赴；而當一對能夠互通心意的好車伕和好馬匹同心協力之時，其成果自然不同凡響。我擁有一張很好的嘴巴——換句話說，只要車伕稍稍抖一下韁繩，我就曉得該如何配合，在轎式大馬車、公共馬車、貨馬車、篷車、貨卡車、包租車、以及像牛步一樣徐徐而行的大遊覽車等各式交通工具充斥的倫敦市，這可是一個非常要緊的條件。

街道上，有的車來，有的車往；有的速度緩慢，另外有的想超車；公共馬車走幾步停一停，以便搭載客人，逼得後面的馬車只得跟著煞住腳步，或者打旁邊抄到前面：也許你試圖超前，但就在這時，別人又打狹隘的的空隙中衝過來，於是你不得不再度乖乖跟在公共馬車後走；這時你瞅著一個機會，勉力將車拉到前面，兩車之間輪挨著輪擠得好近，若是再靠近半吋準要互相擦撞啦。

好啦，這會兒總算稍微超前一些，可是不一會兒，你又發現自己竟排在一條不得不徐徐行走的貨車、轎車長龍後；也許你是遇上大塞車，一站好幾分鐘都絲毫動彈不得，直到警察插手或將某些塞車因素疏散到小巷裡才等著轉機。

你必須隨時伺機而動——有地方空出來馬上往前衝，還得機靈地偵伺是否有足夠的時間、空間可以通過，避免卡在當中進退兩難，或是與人碰撞，或者被其他車輛的轅桿劈頭刺穿肩膀或胸膛。這一切本領你都得事先俱備；要想在白天快速通過倫敦市，就非得訓練有素才行。

傑利和我早已對這些現象司空見慣，只要我們決心通過市區，就沒有人可以贏得了我們。

我不但大膽、敏捷，並且百分之百信賴我的車伕；傑利既機靈又有耐心，而且同樣信賴他的馬匹，這也是相當重要的一環。他難得動用馬鞭，他想加快速度時，我可以由他的語氣和咋舌聲聽得出來，只要扯扯馬鞭，我就知道該往哪裡走，所以馬鞭在我倆之間根本就是多餘的。說到這裡，我們必須回到當天故事上了。

那一天街上交通非常擁擠，不過，我們還是一路順暢地直抵奇普塞大街①底，在這兒塞車近三、四分鐘。

「我看我最好還是下車步行，要是繼續這樣堵下去，我永遠甭想趕到車站了。」車上的青年探出頭來，焦急地說。

「先生，我一定盡我全力，」傑利說，「應該來得及的，這個車陣不可能繼續堵塞，況且以你目前的情況也提不動那麼重的行李啊。」

就在這時，前面那輛貨車開始移動，給了我們一個大好良機。我們左突右拐，以足夠達到馬匹極限的步速賣命奔到倫敦橋。

令人驚異的是，由於橋上一大排都是貨馬車和轎式大馬車，大夥兒都朝著同一方向快速前進，因此倫敦橋上難得一次暢行無阻——也或許這些車都同樣是想趕那班火車吧；總之，就在十二點差八分時，我們和許多馬車同時旋風般地衝進車站裡。

「謝天謝地！我們趕上了，」那年輕人說，「也謝謝你，朋友，還有你的好馬匹；這個大恩情遠非金錢所能報答，請收下這半克朗②小費。」

「不，先生，不用了；不過還是要謝謝你，幸虧我們及時趕到。鈴聲響了，先生。喂，腳伕！幫這位先生送一下行李——多佛線③——十二點整列車——好啦。」傑利說著不等對方回答，馬上掉轉我的方向，騰出空間給其他趕在最後關頭衝上來的小馬車，在一旁等候擁擠的人車通過。

「太好了！太好了！可憐小夥子！不知是什麼事讓他這麼心急呢！」不趕車的時候，傑利時常自言自語，音量大得句句鑽進我耳朵。

回到租車站排隊時，大夥兒都在拿傑利當話柄，笑他爲了多賺一份小費，竟然違悖自己原則，沒命似地去趕那班火車。他們還想知道他究竟收到多少錢。

「比我平日得到的多多了；」他故作神秘地頷首表示，「他給我的，足夠我舒舒服服地過上幾天了。」

「瞎掰！」一個人嚷著。

「他是個騙子，」另一個說，「一面對我們猛說教，自己卻又去做同樣的事。」

「聽著，伙伴們，」傑利說，「那位先生要付半克朗小費給我，不過我沒收；看到他趕上火車時那股興奮勁兒就夠值回票價啦。再說，若是傑克和我選擇偶而快跑一次以自娛，那也是我們自家的事，不勞各位費心。」

「哈，」拉瑞說，「你一輩子也休想成爲富翁。」

「大概吧！」傑利回答，「不過我想，我也不至於因爲那樣就過得比較不快樂。我聽人朗讀過無數次戒律，似乎不曾聽過一句：『你須致富』；而新約聖經裡倒是記載了許多有關富人的怪異事情，讓我覺得如果我是其中一份子，一定渾身不自在。」

「若是有朝一日你致富的話，」坐在自己車座上的灰仔站長回頭望著他說，「那也是你應得的，傑利；絕對不會有任何咀咒伴你的財富而來。至於你嘛，拉瑞，你將會一輩子窮到死；你花在買馬鞭上的錢太多了。」

「哦？」拉瑞說，「要是馬匹沒有鞭子就不走，除了打，你還能怎樣呢？」

「你從來也沒花點工夫去試試不動鞭子牠走不走，老是像患了手臂狂舞症似的冷不防就抽牠幾鞭，即使不傷了你自己的元氣，也會傷了那馬兒的身體；你知道爲什麼你一天到晚換馬匹嗎？因爲你從不給牠們片刻安寧或鼓勵。」

「得啦，」拉瑞說，「那不過是我沒交好運罷了。」

「你一輩子也甭想。」站長說，「幸運女神是很挑剔的，至少——依據我的經驗，祂恐怕比較喜歡和有常識、好心腸的人打交道。」

站長說完自顧自地回頭看報，其他車伕也紛紛回到自己車旁。

---

①Cheap Side：倫敦的一條東西向大街，中古時期為一熱鬧市場。

②Half-Crown：英國銀幣名稱，相當於二便士加六先令。

③Dover：英國東南部的一個海港。

第三十六章　禮拜日包租車

一天早上，傑利剛幫我放好轅桿、正在繫緊挽繩，一位紳士走進我們院裡來。

傑利招呼：「恭候差遣，先生。」

「早安，巴克先生。」那位紳士回答，「我想和你商量一下每個禮拜天早上載布立格斯太太上教堂的事。現在我們改上新教堂了，她沒辦法靠步行走那麼遠的路。」

「先生，謝謝您，」傑利說明，「不過，我領的只是營業六天的執照，因此禮拜天不能搭載任何一名顧客，那是違法的。」

「噢！」對方表示，「我不曉得你的車是只拉六天的，不過變更執照非常容易。我會負責不讓你因此而受絲毫損失。坦白說，布立格斯太太特別屬意由你駕車。」

「能爲夫人效命是我的榮幸，先生；只是我也曾領過每週營業七天的執照，但那樣的工作分量無論是對我或我的馬匹都太過勞累了。年復一年，沒有一天可以休息，沒有一個安息日能夠陪伴我的妻子和小孩，也無法像還沒幹這一行以前那樣上教堂去。於是從五年前開始，我只申請了每週營業六天的執照，結果發現這無論對哪一方面都造福不少。」

「嗯，當然啦，」布立格斯先生回答，「本來每個人有自己的休息時間，禮拜天能夠上上教堂是天經地義的事，不過我想，你應該不會介意讓你的馬跑這麼短短的一程，何況每次也才只不過一趟而已；你可以有整個下午和晚上時間供自己利用，同時你也明白，我們是很好的顧客。」

「是的，先生，您說得不錯，我也很感激二位的盛情。若是能夠爲兩位服務，那絕對是我的榮幸，我非常樂意效勞，可是先生，我不能犧牲我的禮拜日，真的不能。我在書上讀過，上帝創造人類，同時也創造了馬匹和其他種種牲畜，就在祂創造牠們之時，祂也創造了一個安息日，要求所有動物在七天裡都要休息一天。先生，我相信祂明瞭什麼樣的條件對牠們有益，而我百分之百確定那對我好處多多；有了一天的休息，我比從前更健康更強壯，而馬兒也都朝氣蓬勃，不再衰邁得那麼快。所有週休一天的車伕也都告訴我他們深表同感，同時我儲蓄銀行存的錢也比從前多。至於說到妻兒嘛，先生——說真心話，無論花任何代價，他們也絕不肯同意我恢復天天工作的日子。」

「唔，好啦，」那位紳士說，「你用不著多說了，巴克生生，我會再到別處問問。」說完掉頭就走。

「喂，傑克，老兄，」傑利對我說，「我們無能爲力，我們必須擁有自己的禮拜日呀。」接著又大叫：「寶莉！寶莉！過來一下。」

不一會兒寶莉來到跟前。「傑利，怎麼回事？」

「唔，親愛的，布立格斯先生要我每個禮拜天早上載布立格斯太太上教堂，我說我領的是工作六天的執照。他叫我：『領張營業七天的執照，我保證會讓你划算的。』寶莉，妳曉得他們夫婦是我們非常好的顧客。布立格斯太太常常外出購物一去幾個小時，或者出門拜訪親友，而且出手非常大方。她從不像某些人那樣愛殺價，或者削頭去尾地少算工時；再說，爲她拉車對馬兒也很輕鬆，用不著像替那些老是遲到了幾分鐘的人拉車那樣，拚了老命似的趕火車班次；而如果這件事我不能如她所願的話，恐怕以後他倆都不會再光顧我們了。依妳看呢，小婦人？」

「依我看，傑利，」她慢騰騰地說，「依我看，就算布立格斯太太每個禮拜天早上付你一枚金幣，我也不要你再當個一週工作七天的拉車伕。我們已經嘗過沒有禮拜天的滋味，現在我們瞭解擁有屬於自己的禮拜天有多好。感謝老天，你賺的錢足夠我們不愁吃穿，只是有時付乾草、燕麥、執照、租稅等等費用比較吃緊些；不過再過一陣子，哈利也能掙點錢了，而我是寧可再辛苦奮鬥些，也不願回頭過那種討厭的日子了。想想當初，你忙得連多看孩子一眼的時間都沒有，我們也不可能全家一起上教堂，或者度過一個快樂安寧的日子。真要依我看，傑利，我認爲上帝不會容許我們重過那種舊生活。」

「親愛的，我也是這麼告訴布立格斯先生的，」傑利表示，「而且我會堅持立場。所以寶莉，用不著心急（**因為她已經開始飲泣了**）；就算賺兩倍錢我也不再過那種日子，所以我的小女人，一切都沒問題啦。快開心起來，我還得到站上去呢。」

整整三週過去了，布立格斯夫人再也沒有叫過我們的車，所以除了在租車站載得的客人外，就沒有別的收入來源了。傑利心裡非常在意，因爲如此一來，無論是對人或對馬匹，平日的工作自然會辛苦得多。不過寶莉總是爲他加油打氣，安慰他：「沒關係，孩子的爹，沒關係——」

盡你全力，順其自然，終有一天，事事如意。

不久，大夥兒都曉得傑利失去了他最好的顧客，還有事情的導因；多數人批評他是個傻瓜，不過，也有兩三個人認同他的作法，比方杜魯門就說：

「如果一個勞動者不固守屬於自己的禮拜天，那麼很快地，他們就將一無所有了；那是每個人、每隻牲口應有的權益。根據上帝的法則，我們擁有一個安息日①，而根據英國的律令，我們同樣享有一個休息日；我們應當堅持法律賦予我們的權利，爲我們的孩子保留這一天。」

「這些話由你們信教的傢伙口中說來倒是天經地義，」拉瑞說，「不過，我是絕對有一文賺一文；我不相信宗教，因爲我看你們信教的人也沒比別人好。」

「假使他們不比別人好，」哈利插嘴說，「那是因爲那些人信教不虔誠。同樣的，你也可以說我們國家的法律不好，因爲有人違法嘛。要是某人動輒大發脾氣、中傷鄰居、久債不還，他必然不是虔誠教徒，不管上多少次教堂都一樣。而即使某些人善於欺詐、吹噓，也不會使宗教變得虛妄。真正的宗教是世上最好、最真實的東西，也是唯一能讓人們真正快樂、促使世界有所進步的東西。」

「如果說宗教當真有什麼用處，」瓊斯表示，「那便是促使你們這些教徒使我們週日工作，所以我說，宗教根本是個騙人的東西——瞧，要不是有那些上教會、做禮拜的人光顧，我們週日出門幹活也不划算啊；只不過他們享有他們所謂的『恩典』，而我卻沒有。如果說我完全沒有機會得到它的話，也只有期待他們來照應我的靈魂啦。」

瓊斯一說完，旁邊幾個人馬上跟著喝采助陣，直到傑利開口——

「你的話聽起來似乎滿有道理，可惜行不通；世上每個人都得為自己的靈魂負責，不能像扔棄嬰一樣把它扔在別人家門口，期待那人來照料它。你該明白，倘若你老是坐在車伕座上等著顧客上門，人們自然會認為：『就算我們不搭他的車別人也會搭，他根本不期望有個安息日。』當然他們想得不夠透徹，否則就會瞭解，只要他們一次車也不叫，你們等在那兒就白費工夫；可惜人們向來不喜歡細思根源，上教堂不叫車或許不太方便，但只要你們這些週日工作的車伕得到一天休息，一切也就很圓滿啦。」

「但要是那些好人沒法到自己偏愛的傳教士那兒做禮拜，他們又要怎麼辦才好呢？」拉瑞問。

「我可沒權利替別人做主張。」傑利表示，「不過，倘若他們無法步行到那麼遠的話，其實大可以上近一些的教堂；如果下雨，他們也可以像平常日子裡那樣穿上雨衣。一樁事情如果是對的自然可以做，如果是錯的，也可以排除缺失再做；是好人自然會設法做到，這無論是對我們包車伕或者是對上教堂的人，都是最正確的方式。」

---

①基督教以一星期的第一天（週日）為禮拜天或安息日，猶太教則以每週第七天（週六）為宗教上的星期日、安息日；安息日除宗教活動外不做其他工作。

第三十七章　金科玉律

在這之後兩三週左右，有天黃昏，我們很晚才進入院子裡，寶莉又提著燈籠跑過馬路來（只要不是雨淋淋的天，她每天都會提燈給他）。

「傑利，太好了！下午布立格斯太太派僕人來，要你明天十一點去載她出門。我說：『好的，應該沒問題。不過，我原以爲現在她改僱別的車了呢？』

『哦，』他說：『事實上，巴克先生拒絕禮拜日趕車，主人真的很光火，他也試著找過別的車，只不過都有些毛病；有的車速太快、有的又太慢，而我們家夫人也說，那些車沒有一部有你們這輛乾淨舒適，除了巴克先生的車外，她再也找不到一部合意的了。』」

寶莉上氣不接下氣地說完，傑利樂得開懷大笑。

「親愛的，妳說得沒錯，終有一天事事如意，妳的話向來都不錯。快回去擺好晚餐，我一會兒就卸下傑克的馬具，讓牠快活快活。」

此後，布立格斯太太又像過去一樣頻頻叫傑利的車，不過沒有一次是在禮拜天。然而，我們還是有過一次在安息日工作的紀錄，下面就是這次例外的前因後果。

有個週六晚上，我們疲憊不堪地回到家來，正慶幸第二天可以好好休息一天，結果卻不是那麼一回事。

禮拜天一早，傑利正在院子裡爲我清洗梳理，寶莉突然一臉凝重地走到他跟前。

「什麼事？」傑利問。

「唔，親愛的，」她說，「可憐的蒂娜•布朗剛剛請人送信來，說她母親病危，如果想在生前見她最後一面就得立刻趕去。她母親人在離此地十餘哩外的鄉間，如果搭火車的話，還要再走四哩路才到，她的身子那麼虛弱，寶寶又才只四週大，當然經不起這樣的折騰；她想請問你肯不肯駕車載她去，還承諾等手頭一有錢，馬上如數付費給你。」

「嘖！嘖！我們先考慮考慮。錢的問題我倒是不放在心上，問題是得失去我們共處的一個禮拜天，馬匹都累了，我也很疲倦——這才是爲難所在。」

「這事爲難之處多著哩。」寶莉說，「因爲少了你的禮拜天就不是個完整的禮拜天了。只是你也知道，我們應該推己及人，而傑利，我很清楚換做是我的母親垂死之際我會怎麼想；親愛的，我相信這絕不會破壞安息日規矩，只因爲讓可憐的馬匹或騾子多做一點點苦工。再說，我相信搭載可憐的蒂娜絕不至於害了牠們。」

「喂，寶莉，妳的心和牧師一樣好。好吧！反正今天我一早就做完禮拜日晨禱了，妳不妨過去通知蒂娜，鐘敲十點時我準時去載她；不過——等等——順便繞到肉商布雷登那兒去代我致意，同時要求看他能否把他的輕便馬車借給我；我知道他從不在禮拜日使用那部車，而這種車子可以讓馬兒拉起來輕鬆多了。」

寶莉出門不久又回到院裡，說布雷登先生竭誠歡迎傑利使用他的車。

「好極了，」傑利說，「現在快幫我準備些麵包和乳酪，我會盡快在下午趕回來。」

「那麼我把午餐的肉餡餅往前挪，做早點吃。」寶莉說著回屋去了，傑利則一面進行他的準備工作，一面哼著他心愛的小曲：「寶莉，無可挑剔的婦人。」

傑利挑選我出這趟門，於是我們便在十點時出發。在拉過四輪包車之後，輪子又高、重量又輕的輕馬車拉起來顯得輕若無物，格外輕鬆。

那是個萬里無雲的五月天，一出城鎮，芳香的空氣、清新的草香，還有柔柔軟軟的鄉間道路猶如昔日一般舒適宜人，沒多久工夫，我便開始覺得神清氣爽。

蒂娜的家人住在一間位於一條青青小徑盡頭的農舍裡。那小徑緊鄰著一座草坪，草坪四周長著幾棵遮蔭樹，草地上則有兩頭牛正在吃草。一名年輕人請傑利把車停進草坪，他會把我繫在牛欄裡，同時他很抱歉無法提供一個好一點的廄舍。

「假使你們的牛不生氣，」傑利表示，「我的馬兒很渴望能在你們美麗的草坪上逗留一兩個小時，牠很溫順，而那對牠而言，是個難得的享受。」

「行!歡迎之至。」那年輕人回答，「我們唯一能報答您對家姊幫助的就是爲您效勞。待會兒我們將要吃午餐，雖然家母病重，家裡亂成一團，還是很希望您能進來一起用餐。」

傑利客氣地向他道謝，並表示自己已經帶了午餐來，而他心裡最想做的事，無非是在草坪上散散步了。

卸下馬具之後，我一時不知道第一件事該做什麼好——是吃草還是打滾，或者躺下來休息，還是要痛痛快快在草地上放足狂奔，結果我一項接著一項都做了。傑利似乎和我一樣快樂，他坐在一株蔭涼大樹下的一道堤岸上聆聽馬兒婉轉輕啼，然後自己跟著哼起歌謠，朗誦五棕皮小書，而後在草場上、溪岸邊漫步，又自小溪畔摘下幾枝鮮花、山櫨，用長長的蔓藤紮好；接著再拿出自行帶來的上好燕麥來餵我。只可惜時間似乎一下子就倏忽飛過了——自從在伯爵府和可憐的辣子分別後，我就沒有在田野中逗留過呢。

我們一路悠悠閒閒地打道回府。傑利一直到進了自家馬房外才開口：「喂，寶莉，我一點也沒有損失我的安息日，因爲樹欉裡處處有鳥兒啼唱仙樂，而我也加入了禮拜行列，至於傑克嘛——牠過得像小馬兒一樣愜意哩。」

當他將手中的花兒遞給多麗時，她興奮得都跳起來了。

第三十八章　多麗與一位真正的紳士

這一年的冬天來的特別早，帶來陰濕寒冷的天氣。幾週以來，幾乎天天都在降雪、下雨或者落冰霰，唯一不同的只是頂著料峭寒風、或是在刀尖兒似的砭人霜雪中辛苦工作，這在馬兒們的感覺尤其深刻。

如果是在乾冷的天氣裡，幾條厚厚的氈子也就足夠我們保暖了，可是如果遇到濕漉漉的大雨天，氈子一下了就給淋濕了，一點效果也沒有。

有些車伕很不錯，至少還有防水棚可以遮遮雨雪，可是有些車伕窮得根本無力保護自己或他們的馬匹，多半都在那個冬天裡吃足了苦頭。我們馬匹在工作半天之後還可以回到乾爽的馬廄中休息，而他們卻仍得枯坐在車伕座上幹活，甚至如果有客人要等，有時還得熬到半夜一兩點。

當街上覆滿滑溜溜的霜雪時，也就是我們馬匹最難過的時候了，在這種路面上拖著沈重的車子走上一哩路，又沒有結實的立足點可以踩，要比在正常道路上奔走四哩路耗力多了。

爲了保持平衡，我們時時刻刻繃緊每一條肌肉、每一根神經；除此之外，擔心滑倒的恐懼感更是磨得我們心力交瘁。假使路況實在太差的話，車伕還會把我們的蹄鐵底部弄得粗糙些以免打滑，問題是光把蹄鐵弄粗糙，往往就會先使我們惶惶終日了。

天氣太過惡劣時，許多車伕寧可到附近的小酒館去坐一坐，找個人代他們看顧車馬；可是他們常會因爲這樣而錯失某位顧客，而正如傑利說的，在酒館裡坐一坐少不得要花點錢。他從沒有進過「旭日」酒店，只偶而到附近一家咖啡店去一趟，或者向一名帶著熱騰騰的咖啡和餡餅到招呼站叫賣的老人家買些點心。他認爲烈酒、啤酒喝完不久之後，只會使人覺得更冷，而家裡乾爽的衣服、美味的食物、歡樂的氣氛和體貼的妻子，才是一名車伕常保心頭溫暖的因素。

每當他無法趕回家時，寶莉總會替他準備些點心來。有時，他會看到小多麗在街角探頭探腦，瞧瞧「爸爸」是不是在站裡，然後以最快的速度衝回家，不一會兒就帶著一籃或一罐吃的過來，不外是寶莉準備好的熱湯或布丁等等。

想想這丁點兒大的小女孩能在車子、馬匹橫衝直撞的街頭平安過街還真不簡單，不過，她是個勇敢的小女孩，總是把送「爸爸最重要的一餐」視爲莫大的光榮。站裡的車伕個個對她疼愛有加，若是傑利分不開身留意她平安過馬路，別的車伕也一定會主動關照。

一個寒風刺骨的日子裡，多麗剛剛爲傑利送了一碗熱食來，正站在旁邊等候他享用。傑利才剛要動口，一位紳士撐著雨傘快步朝我們走來，傑利趕緊把碗交給多麗，把帽子戴正，同時準備取下蓋在我身上的氈子。

那位紳士急忙快步上前，大叫：「不忙，不忙，朋友，先喝完你的湯再說，雖然我沒有太多剩餘的時間，不過還是可等你用完點心，把你的小女孩安全送到人行道再出發。」然後自己坐進馬車裡等著。

「瞧，多麗，那是位紳士，真正的紳士啊！多麗，他懂得掌握時間，又能夠設身處地替一名窮車伕和一個小女孩著想。」傑利欣然向他道謝，回到多麗身邊時說。

傑利喝完湯，送孩子過了街，然後遵照客人吩咐趕車前往目的地。在這之後，他又搭過幾次我們的車。我想他一定很喜歡馬和狗，因爲每次我們載他回到自家門口時，總有兩三條狗連跑帶衝地撲過來迎接他。有時他也會回頭摸摸我，用他那安詳愉悅的口吻說：

「這匹馬兒有位好主人，而牠也不愧爲一匹好牲口。」

一個客人能注意到爲他工作的馬匹，這真是件難得一見的事，我曉得有些小姐、女士們偶而會注意到我，還有這位紳士，以及少數一兩位男士會拍拍我，誇讚我幾句，不過百分之九十九的顧客都只會想到拍拍推動火車的蒸氣引擎而已。

這位先生不年輕了，而且雙肩老是像趕著去做什麼事似的向前傾。他的嘴唇很薄，總是閉得緊緊的，不過仍有著一副相當討人喜歡的笑容。他的眼神很犀利，下巴的線條和臉部的動作往往令人覺得他是個非達目的絕不罷休的人。

他的口氣愉快而親切，是那種所有馬兒聽了都會產生信賴的聲音，但談話中的決斷感依然不下於表情、動作、臉部線條等等。

有一天，他和一位朋友共乘我們的車，他們在一家店鋪前暫時停車，朋友走進店裡，他則站在門口等。在我們前面不遠的地方，有兩匹非常漂亮的馬兒拉著一部貨車站在對街的幾家酒窖前；牠們的車伕不在牠們身邊，也不曉得牠們已經站在那兒多久，不過兩匹馬兒顯然是認為已經夠久了，於是開始往前移動，還沒走幾步路，車伕就衝出來拉住牠們了。

那名車伕眼看牠們自己開步似乎火冒三丈，惡狠狠地用馬鞭和韁繩凌虐牠們，甚至還鞭打牠們的頭部。

「你要是再不住手，我會讓你為遺棄馬匹和虐待行為吃上官司。」搭我們車的先生從頭到尾看得一清二楚，趕緊穿過街道以堅決的口吻說。

那名車伕顯然已經喝醉了，嘴裡不乾不淨地罵了一連串狠話，不過手上倒是不再抽打馬匹，握著韁繩坐進車裡去；這時，我們的紳士朋友若無其事地從口袋裡掏出一本筆記本，瞧著車上漆的名字和住址不知記下些什麼。

「你想幹什麼？」貨車伕咆哮著揮鞭向前，回答他的只是一個微微的點頭和一臉冷峻的笑容。

「說真的，萊特，你自己的事已經夠你忙不完了，用不著再去爲別人的馬匹和下人傷神嘛。」回車上時，這位紳士朋友和他的同伴相偕而行，那位同伴哈哈大笑說。

「你可知道這個世界爲何這麼糟？」我們的朋友呆站了一下，微一甩頭說。

「不知道！」

「那麼我不妨告訴你，正是因爲人們只管自己的事，不肯費心去爲受害者伸張正義，或者促使犯錯者接受懲罰。遇上這種惡劣行爲，我一定會盡可能插手，很多主人也都因爲我向他們通知他們的馬兒受到何等對待而向我致謝。」

「但願世上能有更多像您這樣的彬彬君子，先生，」傑利附和，「因爲在這個城市裡，這種紳士奇缺無比。」

於是，我們繼續走完我們的路程。當客人下車時，我聽到我們的朋友在說：「我的理論是：一旦我們看到殘酷或者錯誤的行爲，自然有權阻止它們發生，若是完全不採取何行動的話，我們也等於是個幫兇。」

第三十九章　多子窮山姆

老實說，就一匹拉包車的馬而言，我算夠幸運的了；我的車伕就是我的主人，而他又樂於善待我，不讓我勞累過度，就算對他自己都沒像對我這麼好。然而，有很多馬匹卻是隸屬於大租車行所有，再以高價出租給車伕的。由於那些馬匹並不屬於趕車的車伕所有，因此他們唯一想的便是如何利用牠們多賺一點錢：首先先得掙足了付給馬主的租金，再來還要賺夠自己的生計，因此很多馬匹的勞力都被剝削得很厲害。

當然，這種情形我並沒有什麼體會，不過在租車站裡時常有人談論這類話題，而心地善良又喜愛馬匹的站長更是一看見受虐或疲憊不堪的馬兒走進站裡，就會開始大聲發表高見。

有一天，一名全身寒酸可憐相、大夥兒叫他「窮酸山姆」的車伕，牽著他那匹沒精打采的馬兒來到站裡。

站長見了對他說：「你和你的馬兒在這兒實在不太相襯，到警局報到還差不多。」

「若是警察局和這事有啥相干，也該是去管坐收高租金的行主，還有那些把車馬費壓得奇低的顧客才對。想想一個人每天得付十八先令租用一部包車。兩匹馬（只要不是淡季，這就是我們多數人的租金行情），而且得先賺足了這筆錢才能夠開始賺到自己的生活費——唉，這何止是做苦工而已呢。每天每匹馬得先賺到九先令，才能開始收屬於車伕的錢；你知道我沒騙人，而且倘若馬兒不幹活兒，我們就得挨餓，我和我的孩子們早已嘗透餓肚子的滋味。我有六個孩子，只有一個能幫忙多少賺點錢，每天我在車站一待就是十四、十六個鐘頭，兩三個月以來沒休過一個禮拜天；你知道，史金納只要能多收天租金就不肯少收一天，假使我工作不辛勤，還有誰辛勤?!我想買件溫暖的大衣、想要件雨衣，可是家裡還有那麼多張嘴要養，拿什麼去買它們？一週之前我才當了時鐘去付史金納的租金，這一輩子再也不想看到這種事情發生了。」山姆把他的被氈子甩到馬背，方轉過身來正對著站長，垂頭喪氣地說。

幾個圍在旁邊的車伕聽了頻頻點頭，說講得沒錯。

山姆接著又說：「你們這些擁有自己的馬匹、或者替好主人工作的人可以有漸入佳境的機會，也可以有合理對待馬匹的機會，但我沒有。除了第一哩路程外，方圓四哩範圍內，我們每哩至多只能收六便士費用。像是今早，我跑了一程單程六哩的車，只得到三先令的車費，回程又招攬不到客人，只好一路駕著空車回來，也就是馬兒跑了十二哩路，我才收到三先令。之後，我載了一名三哩路程的客人，他帶了一大堆箱籠、行李，照理說每件兩便士，如果他把它們擱在車外，我可以得到一筆滿豐富的收入；可是你們也曉得客人們的作風，他把所有能堆的全堆在車廂裡的前座上，三個沈重的行李箱擱在車頂，結果行李費用只六便士，乘客收費一先令半，回程時，我再攬到一名車費一先令的客人。亦即截至目前爲止，馬兒跋涉了十八哩，我才收到六先令，這匹馬兒至少還得賺三先令，下午的馬至少要先賺到九先令，我才能開始摸到屬於自己的錢。

當然，未必每天情形都有那麼糟，可是你知我知，這是常有的事情，所以我說，誰要告訴別人不可以讓馬匹勞役過度，那可真是天大的諷刺。因爲當一匹馬兒真的疲憊不堪的時候，除了動鞭子，你休想要牠再往前走半步——無能爲力啊——你總得把妻子兒女擺在馬匹之前，這一點馬主必須考慮到，我們無力自主。我並沒有因此而虐待馬匹，你們不能以這名義指責我。

總之，一定是哪裡出了差錯——想想，沒有一天可以休假，沒有一刻能夠安心在家和妻小相處。雖然我才四十五歲，可是老覺得自己已經像個老頭子一樣。還有，那些紳士名流動不動就懷疑我們騙他們的錢，超收費用，嘖！他們手捏著錢站在那兒一便士一便士地數了又數，一面還當我們是扒手似地直勾勾盯著我們看。

我真希望這些上流人家也來我的車伕座位一天坐它個十六小時，每天風雨無阻先賺足十八先令，然後再開始掙錢維持生活所需；這樣，他們就不會再斤斤計較絕不能多付我們半先令，也不會再拚命把所有行李塞進車廂裡。當然啦，偶而我們也會遇上幾位慷慨大方的客人，否則早就無法度日了，只是那種機會終究得碰碰運氣，靠不住的。」

圍在一旁的車伕們都很贊成他的話，其中一位還說：「日子的確不好過，倘使有人偶而犯個錯也是不足爲奇的；就算他稍微過分了點，又有誰忍心叱責他呢？」

傑利沒有加入這次談話，不過我看見他臉上浮現一股從未有過的黯然。原本兩手插在口袋裡站在一旁的站長，這時也從帽子裡抽出他的手帕往臉上抹。

「山姆，你駁倒我了，」他說，「因爲這都是實情，以後，我也絕不會再在你面前提什麼到警察局去這類的話，我只是看了馬兒的眼神，心裡難受得要命。過這種日子是人命苦，也是馬兒命苦，天知道誰能改善這狀況；不過，無論如何，你大可以告訴那可憐的牲口，說你很遺憾必須那樣壓榨牠的勞力。有時候我們所能給這些可憐牲口的就只有一兩句和善言語，說也奇怪，牠們真的能體會。」

幾天之後的一個早上，一名陌生男子駕著山姆的車來到站上。

「哈囉！」一名車伕招呼，「窮酸山姆怎麼了？」

「他臥病在床。」那人說，「昨天深夜裡他被載回院裡，幾乎沒有力氣爬回家。早上，他老婆差了個兒子來說他父親高燒不退，所以我就來代替他啦。」

隔天早上，那名馬伕又來了。

「山姆情況如何？」站長打聽。

「他走了。」

「什麼，走了?!你該不是說他過世了吧？」

「死啦！」對方說，「清早四點鐘死的。昨天一整天他都神智不清地亂發囈語——唸些什麼史金納怎麼，又是什麼沒有禮拜天之類的，臨終前最後一句話就是：『我沒有休息過一個禮拜天。』」

大夥兒聽了，好一陣子都黯然不語，最後還是站長開了口：「聽我說，夥伴們，這是我們的前車之鑑。」

①一先令等於十二便士。

第四十章　可憐的辣子

一天，我們的馬車和其他許多包車在一座公園外等候客人。公園裏有支樂隊在演奏，這時，一部簡陋的包車行近我們身邊。拉車的是匹垂垂老矣的栗色馬匹，長得瘦骨嶙峋、皮毛不整，膝蓋骨支支凸凸，兩條前腿也搖搖晃晃。

當時我正在吃乾草，一陣風吹來，捲走了一小束草秣。那可憐的馬兒伸長了細長的頸子啣起乾草，然後又左顧右盼尋找是否還有別的。

牠那沉滯的雙眼中無助的神情，吸引得我不由得不注意，正當我暗自思忖不知在哪兒見過牠時，牠也滿臉渴慕地凝視著我，輕喚：「黑神駒，是你嗎？」

是辣子！可是她怎麼會變成這樣呢?!那弧線優美、毛皮光澤的頸子如今又瘦又直，甚至無力下垂，筆直脩潔的四肢和細緻的球節（在馬蹄上方生距毛部位）都已浮腫，腳部關節在歷經辛苦工作之後已經完全變形；而她的臉——那張曾經朝氣蓬勃、神采飛揚的臉上也添滿了風霜。至於她那沉重的喘息和頻繁的咳嗽，更讓我一眼看出她的呼吸有多艱難。

我們的馬佚一塊兒站在稍遠的地方，因此我稍微朝她移動一兩步，以便悄悄和她稍作交談，而她的故事聽來是如此淒涼悲傷。

在伯爵府邸放飼一年之後，人們認爲她已經可以恢復工作，於是將她賣給一位紳士。最初那一小陣子，她一切都很順利，可是在一次比一般路程稍長些的奔馳之後，她的舊傷復發了，因此經過醫治和休養之後她再度被出售。就這樣，她斷斷續續被轉手了好幾次，境況竟是一次比一次糟。

「於是，」她說，「最後我被一名擁有許多車馬外租的人買下。看到你一切還好，我很高興，可是我卻無法向你形容我這段日子以來的生活。每當人們發現我的缺點，總會說我不值得他們花那麼多錢買下，我必須到不入流的車行裏去供人鞭策；沒錯，他們正是這麼待我的，動鞭子，命我工作，沒有一個人想到我承受多大的苦。他們說他們花錢租我，自然要利用我撈夠本才行。現在租用我的這個人，每天要付不少錢給車行主人，因此也必須利用我賺回本；所以日復一日、週復一週，我們沒有一個禮拜天可休息。」

「以前妳只要受了虐待，總會爲自己力抗到底的。」我說。

「哎！」她說，「我是曾反抗過一次，可是一點用處也沒有；人類是最有力量的，要是他們冷酷無情，我們又有什麼辦法呢？只有忍耐，忍耐再忍耐，忍耐到最後一刻爲止。我期望最後一刻到來，我但願自己已死。我看過死去的馬匹，相信牠們一定不再遭受痛苦。我盼望我能在工作中倒地死亡，而不是被送到廢馬屠宰商手中。」

我的心裏好難受，情不自禁地把鼻子伸到她鼻前，卻又說不出一句話來安慰她。看得出她很高興見到我，因爲她說：「你是我一生中唯一的朋友。」

這時，她的車伕走了過來，扯著她的嘴角把她脫離馬車群中，駕著她走了，留下滿心悽愴的我呆立原地。

不久之後，有部載著匹死馬的貨馬車打我們站前經過，馬兒的頭部垂在貨車尾巴外，沒有生命的舌頭緩緩滴著血，還有那對凹陷的眼睛！

不，我無法形容，那景象太可怕了。

那是匹有著細長頸子的栗色馬。我看到她的前額垂著一道白紋，我相信那是辣子；我希望那是辣子，因爲如此一來，她的憂愁就都結束了。

噢！要是人們能多有一點惻隱之心，他們就該在我們淪落到如此淒涼田地前射殺了我們。

第四十一章　肉販

我在倫敦的馬匹中見過許許多多的困厄，其中絕大部分是只要運用一點常識就可以避免的。我們馬匹只要受到合理的對待，就不會介意辛苦工作，同時我深信，許多由貧寒人家駕馭的馬匹，要比我在套著銀座鞍、食用精緻食料，爲伯爵夫人拉轎式大馬車時過得快樂得多。

看到年輕的小馬受人虐待、拉著沉重的馬車掙扎向前，或著在某個殘酷小子重重鞭撻下蹣跚行動，總叫我心頭一陣酸楚。

有一次，我偶然看見一匹頂著濃密鬃毛、漂亮臉龐，外型酷似逍遙騎的小灰馬，若不是當時正在工作中，一定對牠輕嘶召喚。

那匹小馬正使盡全力拖著一部沉重的貨車，而駕車的結實男孩卻還揮著馬鞭抽打牠的肚子，並且無情地扯著牠那小嘴巴裏的馬勒。牠會是逍遙騎嗎？長得好像啊；可是話說回來，布蘭菲爾德先生承諾過永遠不賣掉牠的，我相信他一定會做到，只是眼前這小傢伙說不定也和牠一樣好，小時候也曾和牠一樣生活在幸福的家園裏呢。

我時常注意到肉販們養的馬匹總是被催促以全速前進，卻又不明白原因何在，直到有一天在某家肉鋪子隔壁等候顧客時才得知緣由。

當時我們站在路邊，一部肉商的貨車飛也似的衝上前來。拉車的馬匹跑得很熱而且精疲力竭，牠低垂著頭，起伏的胸腹和抖顫的四肢，一看就曉得牠剛才跑得有多劇烈。

駕車的少年跳下貨車正要拿籃子，店主人也盛氣洶洶地從鋪子裏跑出來，仔細看看馬匹後，憤怒地轉身責罵少年：

「我要告訴你多少次別這樣趕車才夠？你毀了上一匹馬的健康，傷了牠的氣管，難道還要毀了這匹馬才甘心嗎？要不是你是我的親兒子，我一定當場將你解僱。帶著一匹氣喘吁吁的馬到店裏來讓人感到丟臉，像這樣趕車，恐怕你遲早要被警察抓去，到時候，你別指望我去辦保釋，因爲我已經數落你數落到自己都膩了，你得自己小心注意。」

肉販子罵人時，那孩子一臉倔強地悻悻站在一旁，不過等老爸一說完，他立刻憤怒地嚷著那不是他的錯，就算要怪也不該怪他，他只不過隨時聽命行事而已。

「你老是說：『喂，快點兒；喂，機靈些！』而每當我送貨出門，只要有哪戶吃晚餐缺條羊腿的人家，我就得在一刻鐘內趕著送一條羊腿回去。另一家廚子忘了訂牛肉，我又得火速往返送到，否則主婦們就要罵人了；接著，管家又說他們來了群不速之客，趕緊得要塊排骨肉；再來是住在新月區四號那位女士，沒有一次不是到送晚餐肉時才想到要吩咐她需要的材料，除了每次趕！趕！趕！還能怎樣？要是這些紳士淑女能早一天想到他們需要什麼，提前訂好，我也用不著動一下鞭子！」

「但願他們做得到！」肉販說，「這樣我可以省下一大堆困擾，而且若能事先知道要什麼，我也比較能滿足客人的需要——可是，哎——我們談這些有什麼用呢——誰會替一個肉販的方便著想？誰又會替一匹肉販子的馬匹著想？算啦，牽牠進去，好好照料牠。記著，今天別再要牠出門了，要是還有哪戶人家缺什麼，你必須用籃子裝好自個兒送去。」肉販說完走回店裏，男孩也把馬兒帶開。

不過，並非每個男孩都是殘酷無情的。我也見過幾個把他們的小馬或驢子當成心愛的小狗一樣疼惜的孩子，而那些小傢伙也像我爲傑利工作一樣，心甘情願、開開心心地爲牠們的小車伕賣力服務。也許有時候工作很吃力，可是只要來自小主人一個友愛的輕撫或開懷的語言，牠們也就不覺得辛苦了。

我們這條街上常有個賣蔬果的孩子，常會載著青菜、馬鈴薯來兜售。這孩子有匹成熟的小馬，長得並不怎麼好看，卻是我見過最快活、最豐腴的小傢伙，看到他們彼此關心喜愛的模樣，真是今生一大樂事。

那匹小馬老是像條狗似的跟在小主人身邊，只要套上貨車，用不著動鞭子、吆喝，牠自己就撒開蹄子，活像打女王馬廄出來的駿馬一樣，興高采烈地拉著車子骨碌碌奔跑。傑利很喜歡這孩子，總是叫他「查理王子」，因爲他說過，將來他要當車伕國王。

另外還有個老人家，也常駕著部小煤車上我們這條街來。他頭上戴頂運煤夫的帽子，外型看來黝黑粗獷，總是和他的老馬一塊兒舉步維艱地走過這條街，活像是對心意互通的老伙伴。

那匹馬兒會自動在該卸煤的人家門口停下腳步，經常把一隻耳朵伏貼在主人身上。那老頭子的吆喝聲總是在他們還離開這條街老遠就聽得到，我不曉得他嚷些什麼，不過孩子都叫他：「老巴——爾呼！」因爲那聲音聽起來像這樣。

寶莉一向客客氣氣地向他購煤，而傑利也說，看到一匹老馬能在那麼窮困的環境下活得那麼快樂，教人想起來就覺得心中舒坦。

第四十二章　選舉

「傑利！布立格斯先生剛剛問起你投票的事，還想僱你的車去做選舉車，他要你給個答覆。」一天下午我們才回院子裏，寶莉出來告訴她丈夫。

「呃，寶莉，告訴他，我的車已經有人訂好了；我可不想讓牠載著他們了不得的鈔票滿街跑，叫傑克和隊長奔波在酒館之間去載那些半醉半醒的投票人，我認為那對馬匹是種侮辱。不行，我不答應。」

「我還以為你會投那位先生的票呢？他說他和你的政治主張相同。」

「不錯，他是有些政見和我的理念相同，但我不會投他的票；寶莉，妳可知道他是做那一行的？」

「我知道。」

「嗯，靠那一行飯致富的人，很可能在某些方面相當成功，但他根本不懂我們勞動階層的人缺的是什麼，要的是什麼，我的良心不容許自己把他送上去制訂法律。我敢打賭，他們一定會很生氣，但我們每個人都該做認爲對自己國家最有利的事。」

選舉前那天早上，傑利正在爲我套上車槓，多麗抽抽嗒嗒地跑進院子裏，藍色的小長袍和白色的圍裙上全都沾滿了泥。

「呀，多麗，妳怎麼啦？」

「那些調皮的男孩——」她哽咽著說，「用泥巴把我扔得全身都是，還叫我小賤——賤——」

「爸爸，他們叫她藍色小賤民，」哈利也氣沖沖地跑了進來，「不過我已經教訓過他們，以後他們不敢侮辱妹妹了。我狠狠打了他們一頓，諒他們永遠也忘不了。都是群懦弱、無賴、橘子色的卑鄙鬼。①」

「小心肝，快去找媽媽，告訴她，我認爲妳今天最好留在家裏幫她的忙。」傑利親親小姑娘說，然後又神情莊重地轉身告訴哈利：「好孩子，但願你能永遠護著你的妹妹，給任何侮辱她的人狠狠一擊——那是應該的。不過，記住！我不願聽到你們有任何選舉攻訐出現。其實藍色無賴並不少於橘色流氓，白的、紫的……其他所有顏色都一樣，我不願我的任何一個家人觀念混淆，爲此交戰。如今，甚至連婦孺之輩都準備爲顏色大吵一架，可是明白箇中含意的卻不到十分之一。」

「唉，爸爸，我還以爲藍色是代表自由權呢。」

「孩子，自由並非由顏色所產生，顏色代表的只不過是不同的政黨，至於你所能從其中得到的自由，也僅限於盡情嘲弄別人、坐著髒兮兮的老包車到投票所去，漫罵那些穿著不同顏色的人，或者爲你一知半解的東西而聲嘶力竭、搖旗吶喊！」

「噢，爸爸，你在說笑。」

「不，哈利，我很認真，而且我也很羞於見到人們糊里糊塗地爲自己還不太瞭解的事起衝突。選舉是椿相當嚴肅的事情，至少應該是嚴肅的事，每個人都該本著自己的道德良知去投票，同時帶動鄰居也本著他們的良心投票。」

---

①一先令等於十二便士。在這裏，橘子色（orange）指的是奧倫治黨人，該黨主張擁護新教與英國王權，十八世紀末成立於北愛爾蘭，奧倫治（orange）與橘色英文字相同。

第四十三章　患難之交

選舉之日終於到了，我和傑利忙得不可開交。第一位上車的乘客是名提著氈製旅行袋的碩壯男士，他要到主教驛站去，下一批客人的目的地是攝政王府，接著，我們又載了一名正心急地等車上銀行的膽小老夫人，並等在銀行門外送她回家。

老夫人才剛下車，又有一名面紅耳赤的男子抱著一大疊紙張衝上前來，沒等傑利從車伕座上下來就自行打開車門、鑽入車內，大叫：「波街警局，快！」於是我們又載著他奔往警察局，然後再跑兩三趟車才回到招車站。

站裏一部包車也沒有。傑利在我頭上掛上飼料袋，因爲他說：「像這種日子，我們要盡可能趁空吃飯，所以，傑克，快動嘴，趕緊吃完吧，夥計。」

這一餐我吃的是拌了少許糠糊的碎燕麥，這在平時已經是一頓美食，此時吃下肚裏更是體力大增。傑利是那麼仁慈又那麼懂體恤，又有哪匹馬兒會不願竭盡全力配合他呢？

這時，他也取出寶莉準備的肉餡餅開始吃起來。街上到處人車擁擠，每部包車都像不要命了似的在馬車群中衝鋒陷陣。可憐的馬兒辛苦極了！然而車中的投票人根本不會想到這些。他們大多已經喝的半醉了，每當見到路上有同黨的人經過，就對著包車窗口大呼小叫。這是我第一次見到選舉，雖然聽說情況比以前好多了，我還是不希望見到第二次。

傑利和我還沒吃夠幾口食物，街上又有個貧窮的少婦抱著個重娃子滿面愁容、東張西望地朝著這個方向走來。

不一會兒，她來到傑利跟前，問他是否能告訴她聖湯瑪斯醫院怎麼走，還要走多久才能到。她說，她是清早搭著一部趕市集的車來的，她不曉得什麼選舉的事，對倫敦又是全然的陌生，是鄉下的醫生要她帶孩子到湯瑪斯醫院就醫的，此時孩子正偎在她懷裏虛弱地嚶嚶哭泣。

「可憐的小東西！」她說，「他受了不少苦哩，都已經四歲大了，走路還搖搖晃晃地不如一個小嬰兒。不過醫生說，要是我能把他送進那家大醫院，這孩子很有可能醫得好的。先生，拜託您告訴我還要多遠才能到？還有該怎麼走才對？」

「啊，太太，」傑利說明，「街上車多人擠，妳是沒辦法步行到那裏去的！喏，還得走上三哩路程，何況那孩子又那麼重。」

「是啊，託天保佑，這孩子長得滿結實的，不過感謝上帝，我身子也很壯，只要知道怎麼走，我想應該沒有問題的。拜託告訴我怎麼走？」

「不行啦，」傑利說，「搞不好妳不小心被撞到，孩子被車輾。呃，這樣吧，你們進車廂裏去，我一定平安把你們送到醫院。瞧，快下雨了不是嗎？」

「不，先生，不行，我不能搭車。謝謝你，我身上的錢只夠坐車回家，拜託請告訴我怎麼走。」

「太太，妳聽我說，」傑利解釋，「我家裏也有妻子，有兩個可愛的小孩，我瞭解一個做父母的心情，快上車吧，我免費載你們過去，讓我眼睜睜看一個婦道人家把個生病的孩子冒生命危險在這種路上闖，我會替自己感到丟臉的。」

「謝謝您的大恩大德！」婦人忍不住淚水決堤。

「別哭，別哭，快高興些，親愛的，我來扶你們上車。」

傑利才剛打開車門，就有兩名帽子、鈕釦上都別著彩色徽幟的男子箭步衝上前來，嘴裏大叫：「租車！」

「有人叫了。」傑利嚷著。可是其中一名男子卻一把推開那少婦跳上車子，另一名男子也馬上跟著上車。

傑利擺出一臉有如警察般嚴厲的神情說：「兩位先生，這部車子已經被那位女士僱走了。」

「女士?!」其中一向男子說，「哦！她可以等啊。我們的事可是很重要的，何況是我們先上車。」

「好吧，先生，你們愛留多久就留多久，我可以等你們休息夠了再說。」傑利帶著調侃的笑容關上車門。說著，背轉身子走到少婦身邊：「親愛的，別擔心，他們很快就會走的。」

沒有多久，那兩人果然走了，因爲他們看出傑利故意躲避，只好無可奈何地下了車，罵盡各種髒話，甚至出言恫嚇。經過這一場短暫耽擱之後，我們立刻出發，盡可能繞經車輛較少的道路趕往醫院。傑利圓滿達成目的，同時攙扶少婦下車。

「多謝您的恩情，」她說，「我一個人永遠也走不到這兒的。」

「別客氣，但願這可愛的孩子早點健康起來。」

「由於你的配合，總算幫上一點小忙。」他目送少婦走進醫院大門，溫和地自言自語，然後就像每次開心時一樣輕輕拍撫我的頸子。

這時，一陣驟雨突然灑下，我們才剛準備要走，醫院的門又開了，門房大叫：「包車！」我們停下腳步，一名女士自臺階上走了下來。

傑利似乎一眼就認出她，那位女士掀開面紗輕呼：「巴克！傑利米亞・巴克！是你嗎？好高興在這裏見到你。你正是我最需要的朋友，只爲今天在倫敦的這個地段很難叫到車。」

「夫人，能爲您服務是我的榮幸，我真高興剛好湊巧到這兒。您上哪兒去呢，夫人？」

「到派丁頓車站（倫敦西區的一個住宅區），然後，如果我們能及早到達的話——我相信一定會的——你可以詳細告訴我瑪莉和孩子們的近況。」

我們在極短時間內趕到車站，由於時間還很充裕，那位夫人便站在那兒和傑利交談好一陣子。從他們的談話中，我發現她曾是寶莉的女主人，在經過頻頻詢問她的情形後，她問：

「你覺得你適合在冬季裏駕車嗎？據我所知，去年瑪莉很爲你憂慮。」

「是啊，夫人。去年我一直嚴重咳嗽，直到天氣完全轉暖才好起來，萬一我很晚才到家，的確會讓她心急如焚。唉！夫人，幹我們這一行是不分四季全天候的工作，對車伕的身體是個大考驗。可是我越做越不錯，而且若是不讓我照料馬匹，我也會感到無所適從。從小我學的就是這些，只怕別的工作也做不來呢。」

「唉，巴克，」她說，「想到你做這一行等於拿自己的健康來當賭注，就叫人覺得不忍心。爲了你，也爲瑪莉和孩子們，聽我說，有不少地方也缺好車伕和好馬伕，假使有一天你想到應該放棄這工作了，通知我一聲。」

於是，在託付傑利代爲向瑪莉問候之後，她說：「來，這個錢，兩個孩子各五先令，瑪莉懂得該如何運用。」

傑利向她道過謝，笑容滿面地掉轉車頭離開火車站，好不容易終於回家了。我不知傑利如何，至少我真的好累。

第四十四章　老隊長與牠的繼任者

隊長和我友誼深厚。牠是位高貴的老大哥，也是個很好的同伴，我從沒想過有朝一日牠會告別家園永不復返。然而這是牠命中的劫數，我不在場，不知究竟事情是怎麼發生的，只在事後聽人說起全部的經過。

那天，牠和傑利載著一批客人到倫敦橋那頭的大火車站，回程途中走到大橋和界碑之間，傑利看到一部由兩匹孔武有力的馬匹所拉的釀酒廠大貨車朝著自己的方向行駛過來。

那貨車車伕正用粗大的鞭子鞭撻馬匹，而載重車廂裏又因空車，也沒剩多少重量，因此兩匹健馬便以驚人的速度拉著車子狂飆；貨車車伕既控制不住牠們，街上又到處人車雜遝，於是牠們先撞倒一名小女孩，從她身上輾過，緊接著馬上衝撞我們的包車，把兩個車輪都給撞飛了，車廂也翻覆過去。

隊長被拖倒在地，包車的轅桿全部斷裂，其中一支插入牠的腰脇。傑利也被撞飛到一旁，幸而只是受到輕傷。

沒有人能夠解釋得清他是如何倖免於難的，而他則頻頻表示：「是奇蹟。」

等大夥將可憐的隊長扶起來時，發現牠遍體鱗傷情況嚴重。傑利牽著牠徐徐走回家中，鮮血沾溼了牠的白毛，從腰側和肩頭滴滴淌下。

大貨車的車伕經過證實當時是喝醉了，被判處以罰鍰，至於我們家主人的傷害，則由釀酒商人負責賠償，但隊長的傷卻沒有任何賠款可以補貼。

馬醫和傑利盡心盡力設法舒解隊長的痛苦，讓牠好過些。馬車必須送修，因此我一連好幾天沒有出門，傑利也沒有半文收入。當我們在車禍發生後第一次到招呼站去時，站長走上前來打聽隊長的情況。

「今早馬醫說，牠永遠也無法復原了——」傑利表示，「至少無法再為我拉包車。他說牠可以從事拉小貨車之類的工作，我聽了很不是滋味。拉貨車?!天哪！我看過許多在倫敦拉貨車的那些馬匹的下場。真恨不得那些酒鬼全被趕到瘋人院，別任由他們在街上亂撞清醒的人。倘使他們願意撞斷自己的骨頭、撞碎自己的車子、撞跛自己的馬匹，那是他們自己的事，我們管不著，問題是偏偏好像總是無辜者受害，然後他們再在那裏談論補償！他們能補償得了重重憂愁、憤恨、時間的損失、甚至失去一匹像老友一般的好馬兒那種傷痛嗎？補償

——鬼扯淡！如果說我最想看到哪個惡魔被打入無底地獄，那就是該死的酒蟲。」

「唉，傑利，」站長說，「你說這話可是真的要大大得罪我了，說起來丟臉，我不像你那麼循規蹈矩，這也是我的一大遺憾。」

「哎，」傑利說，「站長，你爲何不戒了它？像你這麼好的一個人，實在不該受那東西所奴役。」

「傑利，我是個大笨蛋；但我也試過一兩次，我覺得自己好像死掉了。當初你是怎麼做到的呢？」

「我一連咬著牙掙扎了好幾個禮拜。坦白說，我從來不曾真正喝醉過，但我發現自己早已不由自主，每當酒癮一犯，我幾乎無法對它說聲：『不』，我知道我和它之間勢必有一個要被擊倒——是酒蟲或是傑利‧巴克？上帝保佑，絕不能是傑利‧巴克。可是那是段艱辛的奮鬥，我需要所有四周所能得到的助力，因爲在我開始戒除那惡習之前，根本不曉得自己已經陷得那麼深。這時，寶莉費盡心機爲我準備有益的食物，酒癮來時我就喝杯咖啡、嚼點薄荷或者讀讀我的書；這對我是一大幫助。有時我必須一遍又一遍地暗暗自問：『要拋棄酒瓶或要失去靈魂？要離開酒瓶或者傷寶莉的心？』感謝上帝以及我那親愛的好妻子，我終於戒除酒癮，十年來滴酒未沾，也從來不想碰它。」

「我很有心試一試，」葛蘭特說，「因爲一個人不能做自己的主宰真是可悲。」

「那就戒啊！站長，付諸實現，你絕不會後悔的。要是站上某些爲酒所役的可憐人見到你徹底戒酒，那對他們該是多大的幫助啊！我知道，其實只要做得到的話，這裏有幾個人是很想遠離酒館的。」

隊長的傷勢最初似乎很有進步，但牠畢竟是匹相當老的馬了，要不是牠有著難得一見的好體魄，加上傑利的細心照顧，早在好幾年前牠就不可能勝任拉包車的工作；而今牠強壯健全的體魄卻垮了。

馬醫說，他可以將牠醫治到能夠賣得幾英鎊的程度。可是傑利說：不！爲了幾英鎊就把一個忠心的老僕賣去從事艱苦工作、過悲慘生活，會讓他其餘的錢同遭臭名。他認爲眼前對牠最仁慈的辦法，就是精準無誤地一槍射透牠的心臟，讓牠永遠不再受苦受難；因爲他無法爲牠的風燭殘年找到一個好心的主人。

做完這個決定後的第二天，哈利把我帶到鐵匠鋪去配新蹄。等回到家裏時，隊長已經不在世間了，我和主人全家心頭都很沈重。

傑利必須再留意尋找新馬匹，不久，就從一名在某位貴族府中當馬伕的熟人那兒聽到有匹馬兒可能合適。牠原本是匹身價頗高的年輕馬匹，可惜牠曾當街奔竄撞到另一部大馬車，不但將牠家老爺甩出車外，同時撞傷自己留下疤痕，不配留在貴族名流家的馬廄裏，因此車伕得到主人指示要多多留意，盡可能把這匹馬兒賣出去。

「只要馬本身嘴沒被扯硬、沒有劣根性，其他問題我倒是可以應付得來。」傑利表示。

「牠沒有一點惡習，」對方說，「而且嘴角也很柔嫩。我個人以爲那也正是導致這場意外的原因。那一陣子牠剛剪過毛，天氣又差，出門前又沒先充分活動筋骨，全身蓄滿的精力有如一枚砲彈般一觸即發。我們的頭頭（我家車伕）用足了力氣，把牠的頜繩和制韁綁得又緊又牢，嘴裏塞著一塊非常銳利的嚼鐵，另外還給牠套了許多韁繩。我想就是這樣，才把那匹嘴唇還很脆嫩、全身又蓄滿精力的馬兒給激怒的吧?!」

「好像還不錯，我去瞧瞧好了。」

第二天，急驚風——那匹馬的名字——來了。牠是匹漂亮的棕馬，渾身上下沒雜一絲白毛，和隊長差不多一樣高，頭型非常好看，而且才只有五歲大。我沒有向牠提出任何詢問，只是友善地向牠打打招呼。

第一個夜裏牠顯得十分焦躁不安，不肯躺下來休息，反而抵著項圈上下扯動繫繩，並且不斷用牠的腦袋去撞馬槽，吵得我一夜不能安眠。不過到了第二天，在拉過五六個小時的包車之後，牠回家時已經變得沈穩明理了。

傑利不時拍拍牠、對牠說話，沒有多久，他們就能相互瞭解。傑利還說，只要給牠換戴鬆鬆的馬勒，加上充分的工作量，牠就會溫馴得像頭小羔羊了。

這就叫做，同樣一件事有人失意就有人得利；因爲，倘若說那場意外使得那位貴族老爺損失了一匹名貴寵物的話，那麼，這位趕包車的車伕就算賺到一匹體力豐沛的良駒了。

急驚風認爲替人拉包車是件貶低身分的事，非常討厭到租車站裏去跟人排隊等客人。不過在過完一週之後，牠終於對我承認馬勒放得鬆鬆的、車伕不隨便動鞭子及緊勒韁繩，讓牠覺得好過多了。再說，畢竟這份工作也不見得比全身頭尾被綁得緊緊的降格多少。事實上，牠對新環境頗能適應，傑利也十分喜歡牠。

第四十五章　傑利的新年

對某些人而言，聖誕節和新年是相當愉快的時光；但對於包車伕和拉包車的馬來說，那雖然很有可能是個大豐收，卻絕對不是段假期。

年節期間處處是餐宴、舞會，許多娛樂場所也都開放，因此工作相當辛苦，經常要忙到三更半夜才回家。有的時候，當屋裏歡樂的人們隨著音樂盡情舞蹈時，車伕和馬匹必須冒著霜風雪雨在門外一等好幾個小時，渾身冷得發抖。我很好奇那些漂亮的小姐們是否曾經想到在車座上等候的疲憊車伕，以及佇立在外冷得四肢僵硬的耐心牲口。

由於我已經相當習慣枯站等候，傑利又比較擔心急驚風著涼，因此現在晚上的工作幾乎都是由我出門。在聖誕假期那週，我們幾乎天天遲歸，傑利的咳嗽情形又很嚴重；不過，無論我們多晚回家，寶莉總是熬夜等候，一臉焦急、憂心忡忡地提著燈籠出來迎接他。

除夕那天晚上，我們載了兩名先生到西端廣場的一戶人家門口。他們九點下車，交代我們十一點回去接人。

「不過，」其中一位先生說，「由於這是個牌局，你可能得多等個幾分鐘，不過千萬不要遲到。」

鐘敲十一下的時候，守時的傑利已經駕著我等在那戶人家門口。時鐘的指針一格一格爬過——一刻，兩刻，三刻，噹！噹！敲到十二響，那戶人家的門還是沒有開。

這個時節的天候變化莫測，白天才下過好幾陣雨，此刻又一忽兒東、一忽兒西飄起刀尖兒似的冰霰；天氣冰冷異常，附近又沒有東西可以遮風擋雪。傑利跳下車位，幫我把背上的一塊氈子拉上頸子些，然後自己彎彎腰、跺跺腳、捶捶自己的手臂，但卻使他開始咳嗽起來。於是他打開車門坐在車底，把兩腳伸到人行道上，至少可以稍微遮點風寒。

時鐘依舊慢吞吞地走著，屋裏還是沒有人出來。十二點半，傑利按了門鈴，詢問僕人是否還要他再等。

「噢！當然，他們一定會坐你的車走，」僕人說，「你別離開，牌局馬上就結束了。」

於是傑利又坐下等候，只是他的聲音已經沙啞得快要聽不見了。

一點零一刻大門開了，兩名先生從屋裏走了出來；他們一語不發地坐進車廂，這才告訴傑利把車趕到哪裏，而那地方竟在將近兩哩的路程外。

我的四肢早已冷得發麻了，真怕會摔倒在半路上。兩名乘客下車後，不但沒有爲讓我們久候表達一句歉意，還爲了車費大發一頓脾氣。然而傑利的索價十分合理，自然不肯降低車費，此外，他們還必須付我們在屋外等候兩小時零一刻的費用，這點錢傑利賺得真辛苦。

最後我們終於回到家了。傑利咳得非常厲害，幾乎說不出半句話來。寶莉什麼也沒問，只是爲他提著燈籠，打開院門。

「我能不能幫什麼忙？」她問。

「嗯，幫傑克弄點東西保暖，再幫我煮些麥片粥。」

這時，他的聲音已經成了瘖啞的低語，人也幾乎無法平穩呼吸，但他還是像平常一樣爲我徹底按摩筋骨，甚至還爬上廄樓爲我多拿一捆乾草鋪床。寶莉帶來熱麥糊暖暖我脾胃，然後夫妻倆鎖門回屋去。

隔天早上，時間很晚了才有人進馬房來，而且來的只有哈利一個人。他幫我們清洗餵食、打掃馬廄，然後又將草稭鋪回廄中，彷彿那是個禮拜天一樣。他既不唱歌也不吹口哨，靜得不能再安靜。

中午，他又進來給我們添加食物和清水。這次多麗也跟著他一起過來，而且一直在哭泣。我由他們的交談拼拼湊湊得知傑利病危，醫生說情況非常嚴重。

兩天時間就在舉家憂愁之中度過了，我們平時只見到哈利，偶而也會看到多麗。我想她大概是因爲想有人作伴才過來的；因爲寶莉日夜守在傑利床邊，而他又需要絕對靜養。

第三天，哈利進馬廄後有人輕敲廄門進來，那人是葛蘭特站長。

「孩子，我不進屋，」他說，「可是我想瞭解你父親的情況。」

「他病勢嚴重，」哈利說明，「絕對不能再有惡化。據說那是『支氣管炎』，醫生認爲是好是壞關鍵應該就在今晚。」

「真要命！真要命！」葛蘭特站長搖著頭說，「據我所知，上週裏就有一兩名車伕死於那毛病，都是一下子就奪走他們性命的。不過，只要人還活著就會有希望，所以你一定要振作精神。」

「是的。」哈利急忙回答，「醫生也說，爸爸平日不喝酒，脫離險境的機會要比絕大多數人都高。昨天他說，幸虧父親不是個酗酒之徒，否則那樣的高燒很可能像火燒紙片一樣燃盡他的生命之燈；不過我相信他一定會復原的，對不對，葛蘭特先生？」

「孩子，如果說好人一定能長命，那麼我相信，他必定能夠安然度過這一關，他是我所認識最好的人。明天一早我會再順道過來看看。」站長一臉苦思。

隔天一大早他果然來了。

「嗯？」他問。

「父親好多了，」哈利說，「媽媽希望他能夠完全復元。」

「老天爺保佑！」站長說，「現在你們必須爲他保暖，別讓他多操心。說到這一點，我倒想起馬匹的事；喏，傑克在溫暖的馬廄裏休息個一兩週，對牠會有益處，再者，你也可以帶牠上街溜一溜、舒展一下筋骨；但這匹小馬如果不工作的話，恐怕很快就會情緒不穩，只怕你會應付不來，等讓牠出門時又要闖禍。」

「說的也是，」哈利說，「我一直不敢讓牠吃太多穀物，可是牠還是精力過剩，簡直不知道該怎麼處理才好。」

「就是說嘛。」葛蘭特表示，「這樣吧，請你轉告你母親，假使她同意的話，在一切安排妥當以前，我會天天來接牠，帶牠出去做一大堆工作，同時把牠賺得的錢交一半給她，多少可以幫馬匹補貼些飼料費。我知道你父親參加了一個很好的會員組織，但那不足以維持馬匹所需，何況這段期間內，牠們照樣還是要大吃大喝。中午我再來聽聽她的意思。」說完不等哈利道謝就走。

中午我想他一定去看過寶莉了，因爲他和哈利一塊兒到馬廄爲急驚風套上馬具，並且帶牠出門。

往後一個多禮拜的時間裏，他天天來帶急驚風出門，而每當哈利向他道謝或說什麼感激不盡之類的話時，他總是笑呵呵地推辭說那是他好運，因爲他自己的馬兒正好需要多一點休息，若不是有急驚風，也沒法這樣便利。

傑利漸漸康復，病情也很穩定，可是醫生說，如果他想平安活到老的話，就絕不能再回頭去做拉客趕車的工作。兩個小孩經常聚在一起研究爸爸媽媽會怎麼處理，還有他們要如何才能幫忙賺錢。

一天下午，急驚風渾身溼答答、髒兮兮地被帶進馬廄。

「路上到處都是融雪、泥糊，」站長說，「單是要把牠洗乾淨、弄乾，就得讓你忙個夠嘍，孩子。」

「沒問題，站長，」哈利說，「我一定把牠洗得乾乾淨淨、擦得不留一滴水珠才離開；您知道，我是我父親一手訓練出來的。」

「要是所有的男孩都受過像你這樣的訓練該多好。」站長說。

就在哈利忙著用海棉揩乾急驚風身上、腿上的泥巴同時，多麗匆匆闖進馬廄裏來。

「哈利，有誰住在費爾斯托？媽媽收到一封從費爾斯托寄來的信，她好像很高興，拿著它衝上樓找爸爸去了。」

「妳不曉得嗎？喔，她是媽媽以前的女主人——就是那位爸爸夏天時遇見、送給妳和我各五先令的那位呀。」

「噢！福勒夫人。我對她的事當然一清二楚，奇怪，不知道她爲什麼寫信給媽媽？」

「上週媽媽寫過信給她。」哈利說，「妳應該記得她告訴過爸爸，如果有一天他想放棄拉包車的工作，希望能夠通知她一聲。不曉得她信裏說些什麼？多麗，快跑回去看看。」

不一會兒，多麗又手舞足蹈地衝回馬廄來。

「噢！哈利，這真的是世上最美妙的事情了！福勒太太要我們都搬到她家附近住。那裏正好有座剛空下的小屋適合我們，還有一座花園、一間雞舍、還有蘋果樹，什麼都有！她的車伕春天裏就辭工了，她希望爸爸能接下那人的工作，而且附近有不少好人家，你可以到他們花園或馬廄裏找份差事或當隨從。那邊還有好學校可以讓我上學。媽媽看了信一會兒笑、一會兒哭，爸爸也好高興！」

「太好啦！太棒啦！」哈利說，「這對爸媽兩人都很合適。不過，我不想穿著釘一大堆釦子的緊身衣服當跟班，還是當馬伕或園丁好了。」

傑利一家很快便決定等一家之主身體恢復得差不多後就搬到鄉下去，至於包車和馬匹則設法盡快賣掉。

這對我而言是個沈重的消息，因爲我已經不年輕了，不可能找到比現在更好的環境。自從離開柏特威克後，就屬和親愛的主人——傑利一家共同生活這段日子最快樂；可是三年的拉包車生涯就算照顧得再周到，也會大大耗損馬兒的體力，我已經不是從前那匹生龍活虎的駿馬了。

在得知傑利一家的決定後，站長立刻表明他願意買下急驚風，站裏也還有幾位車伕對我很中意；可是傑利不願讓我再去替任何人拉包車，於是站長答應保證幫我找個可以舒適度日的新家。

離開的日子到了，傑利還不能到外面吹風，所以自除夕夜之後，我就沒有再見過他一面。寶莉帶著兩個孩子來向我道別。

「可憐的老傑克、親愛的老傑克！我真希望能夠帶你一塊兒走。」說著，臉兒緊緊貼著我的頸子，摸著我的鬃毛親吻我，多麗也哭著向我吻別。哈利不停輕輕撫摸我，嘴裏一句話也沒說，神情卻是好悲傷。

就這樣，我被帶往我的新家園。

第四部

突然，不知怎地，剎那間我的腳打滑了，全身重重摔在地上；這猝不及防的一跌加上強烈的撞擊力，使我覺得自己彷彿已經斷了氣。

我動也不動地臥在地上——事實上，我根本沒有一絲移動的力量——以為自己就要死了。我聽到四周一片亂鬨鬨，有人震怒咆哮，有人在卸下行李，但這一切都飄飄渺渺有如幻夢。

第四十六章　傑柯斯與小姐

我被賣到傑利認識的一名穀物兼麵包商人手裡，傑利認爲跟著他，我可以有好食物吃，工作又不至於太重。最初一切都恰如他的預料，而且若是人人都把主人的吩咐視爲前提的話，我應當不會負擔過重。可惜這裡有個領班老是愛催人、支使人，常常我已經載滿東西了，他還要命人往車上多加一些。

我的車伕傑柯斯時常反映不該讓我載那麼重的東西，而領班卻總是駁斥他說：「選牠來就是要提高工作效率的，一趟能載的東西沒必要分成兩趟。」

傑柯斯也像其他馬伕一樣，老是緊扯我的制韁，勒得我無法輕鬆拉車，等到來到這兒將近三個月時，我發現這份工作已經使得我體力大不如前。

有一天，我載的貨物比平時都要多，所走的偏又是陡峭的上坡路段。我用盡了全身力氣也無法順利前進，迫不得已一路走走停停，惹得車伕氣急敗壞地重重鞭撻我，還大叫：「快走，你這懶傢伙，否則我給你顏色看。」

於是，我又拖著沈重的貨物掙扎著走上幾碼路。鞭子再度落下，我又掙扎往前走。大馬鞭落在身上固然痛苦難當，我心頭的痛卻不比挨打的部位輕。明明已經盡了全力還要挨罵受罰，怎能不叫我心碎欲絕。

就在他第三度無情地揚鞭重責時，一位小姐走上前來，用她那柔美誠摯的聲音對他說：「噢，求求你別再打你的好馬兒，我相信牠已經盡了全力，這條路這麼陡，牠必定已經盡力了。」

「小姐，我只知道如果說牠盡了全力還拉不動車的話，牠就必須再加幾分勁。」

「可是那車上的貨不是很重嗎？」

「是啊，是啊，是太重了，」他說，「但那不是我的錯。我們剛要出門時，正好領班來了，非要再加幾百磅重的貨省得他多調一部車，而我必須盡可能快快將這一車子貨送到。」

「拜託別打了，如果你肯的話，我想我可以幫助你。」他正要再度揚起馬鞭時，小姐急忙阻止。

傑柯斯付諸一笑。

「聽著，」她說，「你並沒有給牠一個公平的機會，牠的頭被制韁勒得這麼高，根本沒有辦法把全部力量用來拉車；只要你肯把它卸下，我相信牠一定會表現得更好的——請務必試一試，」她苦口婆心地說，「要是你肯試試，我會很高興的。」

「好吧，好吧，」傑柯斯笑一笑說，「只要能讓小姐開心我當然願意照辦。您要我放鬆多少呢？小姐？」

「完全放鬆，讓牠可以自由運動頸子。」

制韁被取下後，我立刻把頭彎到膝蓋前。啊，這是多麼舒服啊！接下來，我上下甩動頭部幾遍，以便舒解頸部的酸痛和僵硬。

「可憐的馬兒！這正是你所需要的。」她輕柔地拍拍我，摸摸我的身子，「現在只要你能親切地對牠說說話，引導牠往前走，我相信牠一定能有好表現的。」

傑柯斯執起韁繩——「上啊，黑仔！」

我彎下頭，用全身的力量抵著項圈往前拉；我不餘遺力，車輪轉動了，我拉著車子穩健地爬上山，然後停下腳步喘口氣。

那位小姐一路沿著步徑跟著我們走。此時，她走到馬路上輕輕拍著我的頸子，讓我重溫許久沒有享受到的親密撫摸。

「瞧，只要你給牠機會，牠是很樂意工作的；我深信牠是匹個性溫馴的好馬兒，而且懂得用什麼方式工作比較好。」這時，她看見他又想將制韁套回去，忙問：「該不會又要把韁繩套回去了，對吧？」

「唉，小姐，不可否認，讓牠自由運用頭部對牠上山的確有幫助；謝謝妳，小姐，下次我會記得的。不過要是讓牠不綁制韁走在馬路上，我會成爲所有車伕的笑柄。您知道，這是潮流哇。」

「帶動一個好潮流難道不比追隨壞潮流強嗎？現在許多紳士們都不用制韁了，十五年來，拉我們家轎式大馬車的馬兒從沒吃過它的苦頭，拉起車來卻比套著制韁的馬匹起勁得多；更何況，」她鄭重萬分地說，「沒有一個非常充分的好理由，我們無權折磨任何上帝的造物，我們稱牠們是不會說話的動物，沒錯，牠們正是，因爲牠們無法對我們說出牠們的感受，然而遭受的痛苦卻不會因爲沒有文字形容就比我們少。現在我不能耽擱你的時間，感謝你肯嘗試我的方法，深信將來你必能發現那比鞭子對馬匹管用得多。再會了。」

她再次輕撫我的頸子，然後輕盈地穿過小徑，從此我們不曾再相見。

「真是位標準的名門淑媛，」傑柯斯喃喃自語，「她對我就像對高貴紳士們說話一樣客氣，無論如何，下次遇到上坡時，我會試試她的主張。」

說句公道話，此後，他果真將我的制韁放鬆了幾個洞，遇到上坡時更是不忘將它卸下；只是超載貨物的情形依然沒有改。

有了良好的食物和充分的休息，即使工作量高，仍然能夠維持我們的體力，但載貨過重卻是沒有一匹馬能夠吃得消的；正由於每天拖著過重的貨車，我的健康情況一日不如一日，此外，使我身體日益走下坡的還有另一個原因，這個原因我曾聽許多馬匹說過，自己卻是首度嘗到它的苦頭：那便是暗無天日的馬廄。這一整排長長的廄舍只有在盡頭才有一個很小的窗口，因此整個馬廄內幾乎毫無光線。

昏暗的馬廄除了使我心情嚴重低落外，對我的視力更是造成強烈的傷害，尤其每次從幽暗處突然被帶到耀眼的陽光下，更令我雙眼刺痛難當，甚至好幾次絆到門檻，也看不清自己要往哪裡走。

我深信若是我在那裡長久待下去的話，遲早會變成半個瞎子，到時就太淒慘了。我曾聽人們說過，駕駛一匹全盲的馬至少要比視力不良的好得多，因爲視線模糊往往會使馬兒變得特別膽小。不過最後，我還是逃過視力永久受損這一劫，被賣到一家大包車行的老板那兒去。

第四十七章 困頓時光

我永遠忘不了我的新主人。他是個黑眼睛、鷹鉤鼻、滿嘴暴牙的傢伙，冷酷的聲音就像貨車輪子吱吱軋軋輾過碎石子一樣刺耳。他名叫尼古拉斯·史金納，我相信他跟可憐的多子山姆生前那刻薄老闆正是同一人。

我曾聽人們說過一句話，叫眼見爲真，但我必須強調親身感受才是真；因爲儘管我閱歷那麼豐富，卻一直到現在才懂得爲人拉包車的馬兒生活是多麼悲慘。

史金納手底下有成批不入流的包車和不入流的車伕，他對那些車伕刻薄，車伕就轉而對馬匹嚴格。在這裡禮拜天沒得休息，偏偏此時又正當炎熱夏季。

禮拜天早上常有一批忠實顧客來叫車，四個坐車內，一個坐在車伕旁，我必須載著他們走十或十五哩路到鄉間去，還要送他們回來。無論山路有多陡峭，或者天氣有多酷熱，他們都不會有任何人暫時下車步行一段——除非——除非車伕擔心我沒辦法把客人拉到目的地，這才自己下車以免失去生意。有時我累得半死全身躁熱，幾乎想都不想碰食物。

我是多麼渴望嘗到從前傑利在大熱天的週末夜裡準備的配方糠糊，吃了清涼退火又舒適。那時，我們有整整兩個夜晚加一個白天不受打擾的徹底休息，到了週一早上，又像年輕馬匹一般生龍活虎；而在這裡不但沒有休息，我的車伕還像他的主人一樣殘酷。

他那無情的馬鞭尾端不知加了什麼尖銳的東西，打在身上能教馬兒流出血來，有時他甚至會鞭打我脆弱的腹部，或者不停痛打我的頭。這些令人憤慨的行爲叫我痛心已極，不過我依然全力以赴，不曾退縮；因爲正如可憐的辣子說的，退縮也沒用，人類畢竟是最強大的。

如此充滿磨難的生涯使得我也像辣子一樣，盼望自己能在工作中倒地死亡，脫離這種悲慘的日子；有一天，我的心願差一點點就付諸實現。

那天早上八點我到了租車站，在做完大量工作之後，我們必須載一名乘客到鐵路車站。由於有列長長的列車就快進站，於是車伕把我拉到站外和那兒的包車排隊，希望能招攬到一趟回程的顧客。

那列列車載客量相當多，所有包車很快就被搶搭一空，我們的生意也就上門了。乘客共有四人：一名口氣狂妄、嗓門奇大的男子與一名女士，還有一個男孩和一位少女，加上大包小包的行李。

那位女士帶著男孩先上車，就在大嗓門男子指揮堆放行李時，少女走上前來注視著我。

「爸爸，這可憐的馬兒一定沒辦法載著我們加上這許多行李走那麼遠的，牠好疲憊好虛弱，求您注意看看牠。」

「噢！牠沒事的，小姐，」我的車伕說，「牠強壯得很呢。」拖著幾件沈重箱籠出來的腳伕向那位先生提議，由於行李相當多，是否再多叫一部車比較妥當？

「你的馬到底拖得動、拖不動呢？」那大嗓門男子問。

「噢！牠一定能夠順利辦到的，先生；腳伕，快把行李送上來，再多幾箱牠也拉得動。」車伕說著動手幫忙把一個好重好重的行李箱往上堆，我覺得自己好像一隻洩了氣的皮球，想彈也彈不動。

「爸爸，爸爸，拜託再叫部車吧，」小女孩哀哀懇求，「我們一定錯了，這樣好殘酷啊！」

「胡說！葛麗絲，快上車去，別再胡鬧了；假使每一個人每次要僱車前都還得先檢查一遍，可得大費周章了——人家車伕自然懂得什麼樣的生意能接不能接。好啦，快上車去，別再多說。」

我那溫順的小朋友不得不乖乖聽話，於是，一箱又一箱行李被拖過來堆在車廂頂上，或者車伕的座位旁。好不容易所有行李都搬上了車，車伕像平日一樣猛地一抖韁繩，揮下馬鞭，將馬車駛出站外。

我從早上就沒有再吃過一口食物，車上的客人加上行李又非常沈重，不過，儘管這樣的際遇太過無情又不公，我仍然像平日一般全力以赴。

我一路順順當當地來到拉德蓋特山，沈重的負載和虛脫的身子已經使我體力透支。在陣陣馬鞭的抽痛和韁繩的緊勒下，我勉強掙扎向前走。

突然，不知怎地，剎那間我的腳打滑了，全身重重摔在地上；這猝不及防的一跌加上強烈的撞擊力，使我覺得自己彷彿已經斷了氣。

我動也不動地臥在地上——事實上，我根本沒有一絲移動的力量——以為自己就要死了。我聽到四周一片亂鬨鬨，有人震怒咆哮，有人在卸下行李，但這一切都飄飄渺渺有如幻夢。我好像聽到有個柔美的聲音在憐憫地說道：「噢，那可憐的馬兒！都是我們的錯。」

有人過來鬆開我喉嚨前的皮條，解下把項圈勒得緊緊的挽韁。有人說：「牠死了，再也起不來了。」接著，又有一名警察在現場指揮處理；但我連眼睛都沒睜開一下，只是時而咻咻然地抽一口氣。

我的頭部被澆了些冷水，嘴裡被灌進興奮劑，身上也不知被蓋了什麼東西。我不知道自己躺了多久，只覺得自己又悠悠活了過來，有個語氣親切的男子正輕撫著我、鼓勵我站起來。再多嚥下幾口興奮劑，努力嘗試一兩次，我終於搖搖擺擺站起身子，被緩緩牽進附近的一座馬廄，安置在雜亂的廄舍內，感激地喝下人們端來的熱粥。

到了傍晚，我的體力已經恢復了大半，於是由車伕將我牽回史金納的馬廄中，大夥兒盡力照顧我。

第二天，史金納帶著一名馬醫來看我。馬醫細心縝密地檢查我的身體狀況，並表示：「牠不是生病，是勞累過度。如果能夠讓牠好好休息半年的話，一定可以再出門工作；不過此刻，牠是連一分力氣也沒有了。」

「那麼牠只好步向滅亡了。」史金納說，「我可沒有牧場供病馬休養——牠要嘛就痊癒，要嘛就病下去，這種畜牲不合我這一行的要求。我的主張是，牠們能工作多久就儘量讓牠們工作多久，等到不能工作時，再視牠們自己命運如何，看是要賣到屠宰場或是哪裡去。」

「如果說牠是患哮喘的話，」馬醫表示，「你當然是最好立刻射殺牠，但牠不是。再過十天左右，這裡會有個馬匹拍賣會，只要你肯讓牠休息幾天，吃點好東西，牠被挑中的機會非常高，到時你所得到的錢，好歹也會比賣到屠宰場做皮革的價格高。」

聽了這個建議，史金納十分不甘心地指示下人要好好照料我、餵我好食物吃，幸好馬伕倒是欣然實踐了這個指示。

經過十天的充分休息，加上大量上好的燕麥、乾草，以及與亞麻仁同煮的糙糖糊吃進肚裡，使我的健康情況一下子突飛猛進。那些亞麻仁糊可口極了，我開始覺得也許康復終究要比步向衰亡好多了。

意外發生之後的第十二天，我被帶到距離倫敦數哩外的拍賣場去。在我的感覺中，只要能離開目前這個地方，任何改變都會比現在好，因此我昂揚著頭，盼望能夠碰上最好的機運。

第四十八章　好好農夫和他的孫兒威利

理所當然的，我發現自己在這場拍賣會中被編排在老弱殘「馬」之中——有的是跛腳，有的患哮喘，有的老了，有的大概絕對逃不過被射殺的悲劇，而許多買主和賣主看起來也比牠們好不到哪裡去。

到這兒來的，有些是想花幾英鎊買匹成馬或小馬的窮苦老人家，為的是需要牠來拉小煤車或小柴車。有些窮人想將健康不佳的馬兒賣個兩三鎊，至少比起射殺牠們的損失小一些。有人看起來像是在貧窮和困苦歲月中歷練出一身強硬個性，但也有些是我很願意以殘餘的力量為他們服務的人；雖然貧困粗俗，卻很仁慈有人性，並且有著令我信賴的聲音。

場中有個衣衫襤褸的老人家對我很是中意，我對他也頗有好感，只可惜我不夠強壯——多教人焦急啊！

這時，我注意到有位富農帶著個小男孩，從賣場較高級的那一區走過來。那位富農身材壯碩、肩膀渾厚，紅光滿面、一臉慈祥，頭上戴著一頂寬邊帽。

走到我和同伴們身邊時，他停下腳步，悲憫地打量我們一遍。我看見他的目光落在我身上，我的鬃毛和尾巴依然完整漂亮，對於外型大有助益。我豎起耳朵，切切凝視他。

「威利，這兒有匹曾經過過好日子的馬。」

「可憐的老夥計！」男孩問，「爺爺，您想牠以前是不是拉過轎式大馬車呢？」

「噢，當然，孩子，」農夫走近了說，「牠年輕時候可能神氣得很呢，瞧瞧牠的鼻孔和耳朵，還有頸子和肩膀的形狀，這馬兒的出身準是高貴得很。」

他伸出手來，親切地摸摸我的頸子。我也把鼻尖伸前回應他的善意，男孩也輕撫著我的臉龐。

「可憐的老夥計！您瞧，爺爺，牠是多麼善解人意啊！您能不能把牠買回家，像對瓢蟲小姐（馬名）那樣使牠恢復年輕呢？」

「好孩子，我沒辦法讓所有的馬兒都恢復年輕，更何況瓢蟲小姐受到虐待、健康受損時，並不像牠這麼老。」

「噢，爺爺，瞧瞧牠的鬃毛和尾巴，我不相信這匹馬已經老了。但願您能仔細檢查看看牠的嘴，這樣就可以看出牠其實並不很老。雖然瘦骨嶙峋，但牠並不像某些老馬那樣雙眼凹陷啊！」

「我的乖孫子喲！你和爺爺一樣愛馬懂馬呢。」老人家哈哈大笑。

「拜託看看牠的嘴、問問價嘛，爺爺；我相信牠在我們牧場裡一定會變年輕的。」

「先生，這位小少爺真是位行家，坦白說，這匹馬是因爲操勞過度才衰弱下來的，牠並不是匹老馬；而且，我還親耳聽到獸醫說，因爲牠的支氣管沒有受損，只要好好休養半年就可以完全康復了。過去這十天來都是我在照料牠，牠是我這輩子遇過最討人喜歡、最容易相處的牲口了，絕對值得耽擱一位紳士一點時間花五鎊鈔票買牠，讓牠擁一個好機會的。我敢擔保，到明天春天，牠準值二十鎊以上。」這時，帶我來出售的男子也插嘴。

老人家又是一陣大笑，小男孩急得仰著頭切切望著他。

「噢！爺爺，要是一匹小馬賣五鎊您會嫌貴嗎？您買下牠又不會變窮。」

農夫慢條斯理地摸摸我又腫又緊繃的四肢，然後仔細看看我的嘴：「應該有十三、四歲嘍，讓牠跑幾步看看，好嗎？」

我弓起我的瘦頸子，稍稍揚起尾巴，然後盡可能撒開我的腿——因爲它們已經很僵硬。

「你最低價賣多少？」農夫問。

「五鎊，先生。那是我主人訂的最低價。」

「憑運氣了，」老先生搖著頭，慢吞吞地掏出他的錢包——「真的全憑運氣了！你還有別的事要辦嗎？」他數了幾張鈔票付款。

「沒有了，先生。您願意的話，我可以幫您把牠帶到旅社。」

「好極啦，我正要過去。」

於是他們牽著我，三個人走在前頭。那男孩似乎喜不自勝，老人家看到他高興，自己也跟著眉目含笑。

在旅舍裡，我吃了一頓好食料，然後由新主人的一名僕人騎著優游地回家去，帶到一座角落裡有片樹蔭的大草坪裡。

好好先生——我那位大恩人——吩咐每天早晚都得餵我吃乾草和燕麥，白天裡要讓我在草地上跑跑。

「你，威利，」他說，「必須負責照顧牠，我把牠全權交付給你。」

那男孩非常以這任務爲榮，一絲不苟地執行他的工作。每天他都要到草場中來探望我，有時還特別把我從馬群中挑出來，給我一截胡蘿蔔或某樣好東西，或者在我吃燕麥時站在我身旁。每次他一來，總會給我輕輕撫慰和親切言語，而我自然非常喜愛他。他稱呼我叫老葛隆尼，而只要他一來牧場，我也習慣主動走上前去跟前跟後。

有時，他也帶著爺爺一起來，老人家每次總要仔細瞧瞧我四肢，然後表示：「威利，這是我們成敗的關鍵；」每次他都說，「不過牠一直在穩定進步中，我想到了春天，一定可以看到牠神采煥發。」

徹底的休息、美好的食物、柔軟的草地加上溫和的運動，很快地就使我身心大有進展。我遺傳了母親的好體格，小時又不曾因爲用力過度而受傷，因此比起那些還沒成長健全就服勞役的馬匹擁有好的復原機會。冬天裡，我的四肢結實許多，我開始覺得自己彷彿又充滿了年輕活力。

春天到了，三月中的某一天，好好先生決定套部四輪輕馬車讓我試試。我開心極了，由他和威利駕馭著跑了幾哩路。這時，我的四肢已經不再僵硬，拉起車來輕輕鬆鬆。

「威利，牠漸漸恢復年輕了。現在我們必須派些和緩的工作給牠，到了仲夏時節，牠的情況就可以媲美瓢蟲小姐。牠的嘴型漂亮、步態優美，沒人比得上。」

「噢！爺爺，我好高興您把牠買回來了！」

「我也是啊！孩子，只是你比我更值得牠感恩；現在起，我們得小心幫牠找個安詳嫻雅的主人家，這樣牠才能受到珍惜。」

第四十九章　我最後的歸宿

這一年夏季的某一天，馬伕以無比的細心爲我清潔打扮，我可以感覺到自己的生活就快有個全新的契機了。他用心修飾我的距毛和四肢，用刷子爲我的腳蹄刷焦油，甚至還爲我梳開垂在前額上的毛，馬具也似乎都整理得亮晶晶。當威利和他爺爺一同坐進輕馬車時，那孩子看起來既焦急、又興奮。

「要是小姐們中意牠，」老先生說，「她們就可以擁有合適的馬匹，而牠也可以找到善良的主人，我們只有全力試試嘍。」

出了村子一、兩哩後，我們走近一座漂亮的矮屋。屋前種了一片草地和灌木欉，另有一條車道直通大門口。

威利按了門鈴，詢問布蘭菲爾德小姐或者艾倫小姐是否在家。在，兩位小姐都在家。於是威利留下來陪著我，老先生走進屋裡去。

不到十分鐘他回來了，身後還跟著三位女士，一名高佻、蒼白，裹著一條白圍巾，倚在一名黑眼睛、神情開朗、年紀較輕的小姐肩上；另一位帶著莊重氣息的女子，則是布蘭菲爾德小姐。她們全都走上前來細看我，同時詢問問題。

那位小小姐——亦即艾倫小姐，非常中意我，她說我的臉型好優雅，她一定會喜歡我。那位蒼白高佻的小姐說，她一跨上曾經跌倒的馬背就會緊張；由於我很有可能再度跌倒，萬一如此，她將永遠無法克服那種驚悸。

「小姐，」好好先生說，「妳們知道，很多一流的馬匹都曾因爲駕馭者的粗心跌破膝蓋過，自己則根本沒犯任何錯誤，就我個人對這匹馬的觀察來看，情形也想必是如此。不過當然啦，我並不想影響各位的意願。如果妳們願意，不妨先試牠一段時間，屆時妳家車伕自然能夠提出他的意見。」

「對於馬匹，您始終能夠提供我們適切的建議，」那位莊重的小姐說，「因此您的推薦，我將永遠樂於接受。假使舍妹拉薇妮亞不反對，我們將感激萬分地接受您的提議，先留牠下來試用一段時間。」

於是雙方說定，第二天開始，她們將派人來帶我。

次日早晨，一名看來挺機靈的年輕人來接我。最初他看起來很是開心，可是等見到我的膝蓋後，卻大感失望地說：「先生，我真沒想到您會把那樣一匹帶著傷疤的馬，推薦給我們家小姐。」

「真金不怕火煉——」好好先生說，「年輕人，你只管把牠帶回去試上一段時間，相信一定會對牠十分看好；倘若牠有一絲絲比不上你所駕馭過的任何一匹馬安全，儘管再把牠送回來。」

年輕人將我牽回家中，安頓在一間舒適的馬廄裡餵飽食物，就留下我獨自休息。

第二天，我這位新馬夫正在清潔我的臉部、突然有感而發：「這顆星星跟黑神駒臉上那顆一模一樣，就連牠倆的身高都相同，不知道牠現在會在哪兒？」

不一會兒，他清理到我頸部曾經放血過的地方，當年那塊皮膚上曾留下一小塊硬塊。他似乎猛然一驚，開始仔仔細細檢查我全身，喃喃自語：

「額頭上的白星星、右邊一足白色、一模一樣位置的小硬肉——」然後盯著我背部中央——

「我發誓，那綹白毛正是約翰常常掛在嘴邊那塊：『神駒的小銀幣。』一定是神駒！啊，神駒！神駒！你認得我嗎？小喬伊・格林！那個差點害死你的小喬伊・格林啊？」他開始一遍又一遍愛憐地輕撫著我，彷彿內心已喜不自勝。

老實說我並不認得他，因爲眼前的他已是一名成熟青年，留著小黑鬍髭，聲音也是成年男子的聲音。不過我確信他一定認識我，也深信他就是喬伊・格林。我的心裡好高興啊！我把鼻子朝他伸去，試圖表明我倆是朋友。他那快活的模樣是我這一生前所未見的。

「好好試你一試！那是當然！我的好神駒，是哪個無賴把你的膝蓋給摔破了！你一定在什麼地方吃過苦、受過虐待；好啦，好啦，在這裡，我一定讓你過得快快樂樂。要是約翰・曼利也能在這裡親眼看到你該多好啊！」

下午我被套上遊園小車帶到大門口，由艾倫小姐駕車試試我的個性步法，格林陪伴同行。很快地，我便發現她是位駕車好手，而她也似乎很喜愛我的步態。我聽到喬伊在向她報告我的狀況，還說他確信我就是從前鄉紳戈登家那匹黑神駒。

回到家時，另外兩位小姐都出來打聽我的表現，艾倫小姐把喬伊的話對她們轉述一遍，並表示：「我一定要寫信給戈登太太，對她說，她最心愛的馬兒已經歸我們所有了，不知她會有多開心呢！」

接下來一週左右，我天天拉著車子出門，由於表現非常可靠，拉薇妮亞小姐終於鼓起勇氣坐著密封型小馬車讓我載出門，在這之後，三位小姐便百分之百確定要將我留下，並且以我的舊名「黑神駒」稱呼我。

如今我在這地方生活一年整了，喬伊一直是個最優秀、最和善的馬夫。我的工作輕鬆愉快，全身的體力和活力也都完全恢復。前些日子，好好先生還對喬伊說：「在你們這兒，牠可以活到二十歲！或許還不止哩。」

威利把我當至交好友般看待，一有機會就對我說說話。三位小姐承諾永遠不將我賣給他人，因此我可以無憂無懼，而我的故事也就在這裡畫下句點。

我的煩惱結束了，生活愜意恬適；常常在我酣夢半醒之際，我會朦朦朧朧遐想自己仍在柏特威克的果園中，和我的老朋友們一同佇立在蘋果樹下。

風雲動物文學

黑神駒

作者 安娜・史威爾
譯者 楊玉娘
出版者 風雲時代出版股份有限公司
出版所 風雲時代出版股份有限公司
地址 105台北市民生東路五段一七八號七樓之三
網址 http://www.books.com.tw
電子信箱 h7560949@ms15.hinet.net
服務專線 (〇二)二七五六―〇九四九
傳真 (〇二)二七六五―三七九九
郵撥帳號 一二〇四三二九一
執行主編 朱墨菲
封面設計 蕭麗恩
法律顧問 永然法律事務所 李永然律師
北辰著作權事務所 蕭雄淋律師
版權授權 林郁工作室
出版日期 二〇〇七年九月初版
定價 新台幣二二〇元
總經銷 成信文化事業股份有限公司
地址 台北縣新店市中正路四維巷二弄二號四樓
電話 (〇二)二二一九―二〇八〇
行政院新聞局局版台業字第三五九五號
營利事業統一編號二二七五九九三五

國家圖書館出版品預行編目資料

黑神駒／安娜・史威爾 著 ； 楊玉娘 譯. -- 初版.
-- 臺北市：風雲時代, 2007.08
面；公分

ISBN 978-986-146-385-8 (平裝)

874.57 96012736

Black Beauty